人生就是大胆试错

王鹏 ◎ 编著

中国纺织出版社有限公司

内 容 提 要

人生苦短，须臾即逝，任何人都需要经受心灵的淬炼与引导，才能获得成长，只有允许自己犯错并敢于犯错的人，才能找到努力和改进的方向，才能迎难而上面对种种困难，才会不迷失自我，成就自己的一生。

本书就是一本引导我们成长的心灵读物，它能给人力量、促人奋斗。书中告诉我们，成功的人与大多数人无异，他们也是在不断试错中逐渐成长和成功的。你需要勇气，需要胆量，只有为理想奋力一搏，才不会辜负生命的意义，成就辉煌的人生。阅读本书，相信你不仅能增加勇于尝试的勇气与自信，还能提升在人生道路上的抗挫折能力，进而让自己的人生发光发亮。

图书在版编目（CIP）数据

人生就是大胆试错 / 王鹏编著.--北京：中国纺织出版社有限公司，2023.3
ISBN 978-7-5180-1816-1

Ⅰ.①人… Ⅱ.①王… Ⅲ.①杂文集—中国—当代 Ⅳ.①I267.1

中国国家版本馆CIP数据核字（2023）第016443号

责任编辑：柳华君　　责任校对：高　涵　　责任印制：储志伟
中国纺织出版社有限公司出版发行
地址：北京市朝阳区百子湾东里A407号楼　邮政编码：100124
销售电话：010—67004422　传真：010—87155801
http://www.c-textilep.com
E-mail: faxing@c-textilep.com
中国纺织出版社天猫旗舰店
官方微博 http://weibo.com/2119887771
三河市延风印装有限公司印刷　各地新华书店经销
2023年3月第1版第1次印刷
开本：710×1000　1/16　印张：12
字数：150千字　定价：58.00元

凡购本书，如有缺页、倒页、脱页，由本社图书营销中心调换

前 言

人人都向往成功，成功意味着拥有精彩的人生，这也是大多数人的梦想，但有人一生孜孜以求却收获甚微，有人却在许多领域均有斩获。成功者之所以成功，原因有很多，但其中重要的一点是他们有胆量，敢于尝试、敢于犯错，即使失败了也不退缩，他们会不断改进和突破自我，会为梦想勇往直前。而失败者，他们在开始时也都满怀理想，但在社会上打拼几年后，却越发胆怯，越发力不从心、不敢尝试，他们害怕犯错，于是，在获得了一份稳定的工作之后，往往就会在时间的消磨下失去进取的锐气，无奈地满足于眼前的一切。

然而，这样"舒适"的生活真的是永远安稳的吗？答案当然是否定的，有报告显示，21世纪，知识更新换代的速度只有5年，如果你不努力学习和突破，5年后就会被淘汰。也许你会说，我也想尝试，也想奋斗，但是事到临头，我就退缩了。其实，很多时候，拥有胆量是使人从优秀跨到卓越的关键一步。

现代社会，不敢冒险就是最大的冒险。没有超人的胆识，就没有超凡的成就，要勇于尝试，勇于走心中向往的那条路，这样，你才能有做第一个成功者的机会。那些在取得了一点成就后就安于现状、求稳的人，最终，他们只能陷于平庸。

然而，成功的另外一面就是失败，不少人会产生疑问：万一我失败了呢？正是因为害怕失败，让你失去了尝试的勇气，人们在实现自己的目标与想法前，都可能会产生各种顾虑，都会迟疑不定，而实际上，正是因为迟疑，才导致你恐惧、左思右想，最终被恐惧扰乱心境而不敢执行。在任何一个领域里，指望绝不犯错就能获得成功，都是天方夜谭，不努力去行动的人，也永远不会获得成功。事实上，我们不会因为一个错误而成为不合格的人。生命是一场球赛，最好的球队也有丢分的记录，最差的球队也有辉煌的一刻。

因此，无论你现在是否已经小有成就，你都不能因为害怕犯错而追求安稳、停滞不前，激烈的竞争要求你不断进步，而求知与不满足是进步的第一必需品。生命有限，维系成功的唯一秘诀在于不断努力，在新的方向不断探寻、适应以及成长，这样，你才能步入新的高度。

现在的你，可能需要一点启发、一点星光，《人生就是大胆试错》就是这样一本书，它是一本心灵智慧的荟萃，是一本让你找到方向和力量的书，它并不以空洞的激励为主，而是贴近生活、贴近心灵，帮助人们在灯红酒绿的社会中保持清醒，并找到自己的位置。相信阅读完本书，你会获得力量，找到进取的方向，最终驾驭自己的人生！

编著者
2022年10月

目 录

第01章 每个成功者，都缺少不了大胆试错的勇气 → 001

敢于冒险的人，才能发掘出人生的无限可能 > 002

勇敢克服心中的恐惧，你会豁然开朗 > 004

再好的想法不去尝试，也将与成功无缘 > 006

凡事有风险，不要因害怕失败而裹足不前 > 008

别害怕跌落，要成功就要雄心勃勃 > 010

敢于尝试，才能让潜力真正发挥出来 > 014

第02章 勇敢去尝试，别甘愿做安全感的奴隶 → 017

一旦自我设限，你的人生就失去了无限可能 > 018

贪图安逸稳定，你就只能原地踏步 > 021

从现在开始觉醒，敢于离开安全区域 > 024

一分耕耘一分收获，年轻就要多尝试 > 027

青春在于折腾，保护好心中那颗不安分的种子 > 029

按部就班，你的人生只会越来越窄 > 032

不断地突破和超越自己，才能获得自我提升 > 035

第03章 去行动去试错，总比原地不动更有收获 → 037

行动是将梦想变为现实的唯一方法 > 038

立即去做，从现在就开始奋斗 > 040

生命有限，不要让懒惰空耗人生 > 043

要想获得成长，就必须战胜懒惰这一劣根性 > 047

与其感慨时间的悄然流逝，不如珍惜时间 > 050

成功永远属于有积极态度的人 > 053

行动胜于空想，一切用行动说话 > 056

第04章 于错误中成长，于失败中积累成功的经验 → 059

自信是好事，但不可得意忘形 > 060

汲取到经验和教训，你的失败才有意义 > 063

人生要经过烈火的淬炼，才能浴火重生 > 066

你在今天流的汗水和泪水，都会为你美好的明天奠定基础 > 069

谁都会犯错误，但别在错误中迷失自己 > 072

上百次的尝试，才能铸就短暂的光辉 > 074

第05章 别被挫折吓倒，成功之路就是不断重来 — 077

要有直面困难的勇气 > 078

跨越艰难困苦，你的人生也会变得丰盈厚重 > 080

战胜挫折与黑暗，你的人生会一片光明 > 083

没有过不去的坎，只有过不去坎的人 > 085

谁都不会随随便便成功 > 087

始终不放弃，总会看到希望 > 090

在痛苦和磨难之中让自己华丽蜕变 > 093

第06章 拥有强大的内心，才能保持试错的勇气 — 095

找到你的优点和自信，并不断将其放大 > 096

始终树立积极的意识，才能激发内心的力量 > 099

练就一颗强大心脏，才能挖掘内在激情和潜能 > 101

人生最大的悲剧是悲观失望 > 104

失败不可怕，可怕的是放弃努力 > 107

内心不败，总有一天你能站在成功的高峰上 > 109

第07章 坚持目标，别因一次失败就放弃 … 111

- 追求目标的过程中，需要有坚定的信念 > 112
- 只要坚持下去，成功就会不期而至 > 114
- 坚持的时间越长，成功的机会就越大 > 116
- 任何成功，都来自持之以恒 > 119
- 路难走时，不妨再坚持一下 > 121
- 大凡成功者，从不轻言放弃 > 124
- 坚持相信目标的人，才能实现自己心中的目标 > 127

第08章 大胆抓住机会，成功总是与机遇同行 … 129

- 冒险是一切成功的前提，没有冒险就没有成功 > 130
- 做足准备，随时迎接机遇的到来 > 134
- 越是在平淡的生活中，越是要捕捉改变命运的机会 > 137
- 做个有心人，洞察身边的机会 > 140
- 机遇稍纵即逝，一定要及时抓住 > 143
- 陷入迷茫，要积极寻找人生的拐点 > 145
- 迎难而上者，才能获得命运的垂青 > 148

第09章 心态积极，在一次次的尝试中迎难而上 — 151

心态平和，不抱怨周围的人和事 > 152

沉溺于眼前的痛苦或失败，只能让自己止步不前 > 155

不断进取的人，永远都是强者 > 158

内心积极，才能拥有幸福的人生 > 161

积极向上，勇敢面对遇到的一切困难 > 163

梦想的实现是一个不断打败自我的过程 > 166

遭遇痛苦，也要迎着阵痛而上 > 169

第10章 有主见有勇气，走好属于自己的人生之路 — 171

要有自己的主见，别人云亦云 > 172

永远充满勇气，斗志昂扬 > 176

主宰人生，依靠双手努力去创造和改变生活 > 179

参考文献 > 182

第 01 章

每个成功者，都缺少不了大胆试错的勇气

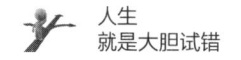

敢于冒险的人，才能发掘出人生的无限可能

在生活中，我们常常会面临很多危险，也需要做出让自己感到紧张的抉择。由此，我们可以说人生是由一个个选择组成的，因为不管是成功还是失败，都是选择的结果。要想拥有从容的人生，我们就要在面对抉择的时候做出理性的决断，而不要总是患得患失、犹豫不决。要知道，既然是选择，就需要承担风险，尤其是很多事情并没有先前的经验可以借鉴，在这样的情况下，就更要理性思考、全面衡量，从而在打定主意之后勇往直前地去做。这样的人生，才会充满无限的可能性，才会精彩绝伦。

很多人胆小，他们不愿意承担人生的风险，害怕因此而陷入人生的旋涡和困境中无法自拔。实际上，喜欢炒股的朋友都知道，风险是无处不在的，有的时候，更高的收益会伴随着更高的风险，这个世界上没绝对稳妥的事情。所以我们要做的不是躲避风险，而是要调整好自己的心态，让自己勇敢接纳生命本来的样子，从容不迫地面对人生、悦纳人生。

曾经有一位名人说，每个人最大的敌人就是自己。这是因为人们往往会因为主观意识的局限而陷入自我认知的误区，也无法主动自发地调整好心态。面对人生的各种困境，人难免会有趋利避害的本能，如果任由这种本能发挥，人生就会止步不前。也有很多人抱怨生活一成不变，其实，一成不变不是由命运决定的，而是由人的心态决定的。只有敢于冒险的人，才能给予人生无限的可能性，因为敢想敢干，他们就像是人生的鼓手一样，始终都行走在人生的前列。

塞伦盖蒂大草原位于辽阔的非洲，每到夏天的时候，非洲干旱少雨，塞伦盖蒂大草原也会陷入干旱少雨的状态，因此原本生活在塞伦盖蒂大草原的角马，就会没有足够的水源可以饮用。为了生存，它们不得不长途迁徙，奔赴马赛马拉湿地。马赛马拉湿地与塞伦盖蒂大草原相距遥远，角马必须长途奔袭才能抵达。在这个迁移过程中，它们经过的唯一水源就是格鲁美地河，除此之外的旅程中，它们只能忍受干旱。对于角马而言，格鲁美地河就像是它们行程中的驿站，可以帮助它们补充身体所缺的水分。然而，格鲁美地河可不像名字听起来这么美，它不仅是角马的水源地，也是其他各种生物赖以生存的水源地。为此，格鲁美地河附近有很多大型凶猛食肉动物，水里还会有鳄鱼悄无声息地潜伏着。

在靠近格鲁美地河的时候，有些胆怯的角马因害怕危险，选择不去喝水，于是，没有得到水分补充的它们在继续前行的过程中都被渴死了。而有些角马胆量比较大，也明白不喝水是必死无疑，喝水也许还能得到活路。为此，它们冒着生命危险去河边喝水，它们快速果断，很快就把自己喝饱了。然后，飞速离开河边，奔向马赛马拉湿地。

不同的角马有不同的选择，前者选择远离危险，却也失去了生机。后者选择冒险，只要很小心、很快速，就能大大增加成功求生的概率。在现实生活中，我们也和角马一样常常需要冒险，如果为了躲避危险、拒绝失败而把成功的可能性也完全抹除，那么就会彻底与成功绝缘。做人，不能因噎废食，不管是面对从未经历过的事情，还是面对曾经失败过的事情，我们都要努力进取，勇敢无畏地去尝试，去做到更好。

现代社会中的竞争如此激烈，如果一个人在面对生活的时候总是故步自封，甚至把自己当成套中人一样藏起来，那么他就会失去很多机会，也会导致自己的成长处于停滞的状态。记住，没有风险就没有收益，不会冒险的人也永远不可能获得举世瞩目的成功。若你破釜沉舟，放手一搏，你的人生一定会绽放异样的光彩，你的未来也一定会呈现出与众不同的精彩！

勇敢克服心中的恐惧，你会豁然开朗

在生活中，有不少人渴望成功，渴望开创自己的事业，但每当考虑到会有失败的可能时，他们就退缩了。他们不敢创新，因为他们怕被扣上愚昧的帽子，被别人嘲笑；他们不敢否认，因为害怕自己的判断失误；他们不敢向别人伸出援手，因为害怕一旦出了事情会被牵连；他们不敢暴露自己的感情，因为害怕自己被别人看穿；他们不敢爱，因为害怕要承担不被爱的风险；他们不敢尝试，因为害怕失败带来的打击；他们不敢希望什么，因为他们害怕失望……以上种种可能会遇到的风险，让那些不自信的人畏首畏尾，举步维艰，他们茫然四顾，不知道自己的出路在何方。殊不知，人生中最大的冒险就是不冒险，畏首畏尾只会让自己的人生不断倒退。而很多时候，你的障碍只不过是心中的恐惧而已，克服了心中的恐惧，你会发现一切都将豁然开朗。

事实上，"勇敢"是我们必不可少的品质。要取得成功有很多必要条件，但其中有一条是格外重要的，那就是——勇气。然而，我们发现，现实生活中，有这样一些人，他们在刚开始时都满怀理想，但在社会上打拼了几年后，越发感到衣食住行等实际问题的重要性，于是，在获得了一份稳定的工作之后，往往就会在时间的消磨下失去进取的锐气，满足于眼前的一切。

不得不承认的是，作为一个平凡的人，我们都会害怕失败，也都渴望成功，于是，我们在采取行动实现自己的目标与想法前，很可能会产生各种顾虑，会迟疑不定。而实际上，正是因为迟疑，才导致你恐惧、左思右想，最终被恐惧扰乱心境而不敢行动。在任何一个领域里，不去努力行动的人，都不会获得成功。

西奥多·罗斯福原本也是一个自卑的人，他曾这样描述过自己："有一次，我读到一本书，这本书中写了一个人克服自己恐惧的方法——人们可以装作不害怕的样子，时间一长，假的就不知不觉变成真的了。我觉得很有道理，因为那时候的我真的很害怕很多东西，后来我也学着假装不害怕，时间长了，没想到我真的不怕了。我想，人们只要愿意尝试，可能都会有这样的收获。"詹姆士对此也有同感，他说："这样，英雄气概就会取懦夫之怯而代之。"

那么，如果你也想要克服畏惧、培养勇气，你可以这样做：

1. 给自己积极的心理暗示

"让我再试一试"，你应该这样暗示自己，要试出好的结果，就要装出非常勇敢、无所畏惧的样子，而且全身心地表现出来。

2. 为自己树立榜样，鼓励自己

你可以通过学习英雄人物的事迹，用英雄人物勇敢顽强的精神激励自己鼓起勇气。在平时的生活和工作中有意识地在艰苦的环境中磨炼自己，培养勇敢顽强的作风。这样，即使日后真正陷入了危险情境，也不会变得惊慌失措，而是能够沉着冷静、机智应对。

3. 积极加强心理训练，提高各项心理素质

比如，进行模拟训练时，设置各种可能遇到的危险情境，进行有针对性的心理训练，形成对危险情境的预期心理准备，就能够有效地战胜紧张和不安等不良情绪，提高心理适应能力和平衡性，增强信心和勇气，以无畏的精神克服恐惧。

再好的想法不去尝试，也将与成功无缘

每个人都有自己不同的财富积累方式，可是通过每种方式积累的财富多少却是不一定的，有的人一天到晚忙忙碌碌、辛辛苦苦，可是积累的财富却只够自己的生活所需，而那些看起来并不那么忙碌的人，也许一天比你一生积累的财富都要多。这是为什么？其实，这是由一个人赚钱的方式决定的。

有的人靠体力赚钱，靠的仅仅是劳动的双手，如果他一天没有劳动，那就一天没有收入；而有的人靠自己建造的某个系统赚钱，就算他某天没有工作，还是有财源滚滚而来。一个人赚钱能力的高低和用什么方式积累财富，是与他的工作方式有关的。

美国的一个摄制组找到了一位柿农，表示要买他的柿子。于是柿农找来了自己的同伴，自己用带弯钩的长竿将柿子钩下来，同伴在下面用蒲团接住，一钩一接，配合默契，大家还相互谈笑风生、唱歌助兴，摄制组把这些有趣的场景都拍了下来。临走的时候，那些美国人付了他们钱，却并没有拿走那些柿子，因为他们就是靠这些纪录片来赚钱的，他们的目的并不是柿子，而是由柿子产生的信息产品，那才是真正值钱的东西。

农民忙了一年所带来的财富，却远远不及这一段小小的纪录片。所以说，人不能仅凭体力劳动或者技术来赚钱，还要学会思考，学会用自己的创意来赚钱。很多年轻人可能会觉得自己没有创意，也没有创造新事物的能力。其实，创意不仅仅是创造新事物那么简单，它可以只是一个新鲜的想法、一种稍作改良的做法。不要轻视这些微小的创意，也许它们就可以给你带来巨大的财富。只要你勤于思考，勇于尝试，就会有不俗的表现。

第01章
每个成功者，都缺少不了大胆试错的勇气

再好的创意都是需要尝试的，在尝试一件事情之前，不要急着去否定它，只要有了新鲜的想法，就应该去试一试，只有行动才能带给我们足够的财富。如果像人们说的那样"晚上想了千条路，早上起床走老路"，那我们就不可能有任何的进步，更不可能奢求积累更多的财富。

创造财富一定要勇于尝试，不断找出自己可以改变的地方，找出目前做事方法的缺点和不足，然后试着进行改造，也许就能产生新的创意。

美国摩根财团的创始人摩根原来并不富有，夫妻二人仅仅靠卖鸡蛋维持生计。但聪明的摩根善于观察、善于思考，他看到人们总是喜欢买妻子的鸡蛋，就通过观察和研究，发现了人们眼睛的视觉误差使自己大手中的鸡蛋显得小了。于是他立即改变自己卖鸡蛋的方式，用浅而小的托盘盛鸡蛋，果然销售情况有所好转。但他并没有因此而停止思考研究，既然视觉误差能够影响销售，那经营的学问就更大了。于是，他对心理学、经营学、管理学等进行了研究和学习，并最终创建了摩根财团。

对于成功来说，有创意固然重要，然而敢于尝试的心则是更重要的。年轻人如果怕这怕那，总是囿于自己原本的见识，不敢冲出自己的舒适圈，总是害怕自己的生活会变得更苦，那么他永远都不会与财富有缘。所有成功的人士，都曾经冒过一定的风险，当过第一个吃螃蟹的人。俗话说，"富贵险中求"，满足于安稳生活的人注定是不可能与财富结缘的。

只有善于思考，对自己的想法勇于尝试的人，才可能取得更大的成功。就算你的想法并不是那么完善，也不是那么成熟，你也可以进行尝试，然后在实践中去完善自己的想法。没有任何一件事情是在一开始就非常顺利的，但如果不进行尝试，你将永远与成功无缘。

凡事有风险，不要因害怕失败而裹足不前

我们都知道，成功并不是一件容易的事，没有人能够一蹴而就，大多数人的成功都是在尝尽失败的滋味之后，历经艰辛才得到的。因为惧怕失败，我们常常裹足不前，不敢轻易尝试。其实，在年轻气盛的时候，年轻就是我们的资本，我们完全没有必要担心失败，因为即使失败，也比止步不前更好。我们有很多好的想法和创意，听起来像是天方夜谭，其实都是金点子。假如把这些想法付诸实践，有相当多的主意会在实践中获得成功，从而成就我们的梦想。然而，因为担心，也或许是杞人忧天，我们选择了放弃。如果没有尝试，也就没有失败，虽然，我们的人生没有了失败的阴影，却也失去了成功的希望。面对苍白无力的人生，当进入暮年的时候，相信大多数人都会后悔吧！

在这个世界上，有哪件事情是没有风险的呢？可以说，凡事都有风险。在人生中，我们常常会面临机遇，有的时候，我们面临的是千载难逢的机遇，在这种情况下，我们必须张开怀抱去迎接可能到来的失败，只有这样，我们才有可能获得成功。

古人云，失败是成功之母，还有人说，失败是进步的阶梯。的确如此，失败是值得我们感恩的。举个最简单的例子，每个人在学校的时候都经历过无数次考试，对于考试中出错的地方，老师在讲解的时候总会说："这次做错的同学只要认真改正，下次就不会再错了。"事实就是如此，这次做错的题目，在用心地听了老师的讲解并且改正之后，就会留下深刻的印象，再也不会出错了。人生也是如此。很多父母或者长辈总是对孩子各种叮嘱，生怕孩子走上自

己年少之时走过的弯路。实际上，有些弯路是别人不能代替他走的，父母曾经犯过的错，不代表孩子也有了免疫力。只有孩子也犯了同样的错误，他才会反思自己，不再把父母的叮嘱当成耳边风。

勇敢地去尝试吧，趁着年轻，趁着一切都可以重来，即使失败了，你也会心怀感恩。当你失败的次数越来越多，你就会发现自己距离成功也越来越近。伟大的科学家爱迪生在发明电灯的过程中，为了寻找合适的材料当灯丝，试验了成千上万次。可以说，他的成功就是由失败累积起来的。当然，这里所说的拥抱失败并非让大家在做事情之前不经考量，而是说在深思熟虑的基础上，预估最坏的情况和最好的情况，然后勇敢地去尝试。尝试，还有成功的机会，不尝试，则连失败的机会都没有。人生就是一张白纸，我们都是从白纸起步，不停地积累经验。很多情况下，推动我们进步的恰恰是一次次的失败。与其让金点子停留在空想阶段，不如勇敢地将其付诸实践，这样一来，即使失败了，也是切身经验，也能让你之后的想法更加成熟和可行。

失败是成功之母，是进步的阶梯。当你学会从失败中汲取经验和教训，你就能踩着失败的阶梯获得极大的进步。失败，是一次反省自身、完善自身的好机会。

别害怕跌落,要成功就要雄心勃勃

不少人认为天才的成功是先天注定的。但是,世上被称为天才的人,肯定比实际上成就伟大事业的人要多得多。为什么许多人一事无成?就是因为他们缺少雄心壮志和排除万难、迈向成功的动力,不敢为自己设定一个高远的奋斗目标。不管一个人有多么超群的能力,如果缺少一个高远的目标,也必将一事无成。

很多时候,我们产生雄心壮志时,就会习惯性地告诉自己:"算了吧,我想得未免也太过了,我只有一个小锅,可煮不了大鱼。"我们甚至会进一步找借口来劝退自己:"我的胃口没有那么大,还是挑容易一点的事情做就好。别把自己累坏了。"其实,你应该放开思维,站在一个更高的起点,给自己设定一个更具挑战性的目标,这样你才会有准确的努力方向和广阔的前景,切不可做"井底之蛙"。在设立目标方面,千万不要有"宁为鸡口,无为牛后"的思想。

"眼睛所看着的地方就是你会到达的地方。"戴高乐说,"唯有伟大的人才能成就伟大的事,他们之所以伟大,是因为决心要做出伟大的事。"田径老师会告诉你:"跳远的时候,眼睛要看远处,你才会跳得更远。"

在一个炎热的日子里,一群人正在铁路的路基上工作,这时,一列缓缓开来的火车打断了他们的工作。火车停了下来,最后一节车厢的窗户打开了,一个低沉的、友好的声音响了起来:"大卫,是你吗?"大卫·安德森——这群人的负责人回答说:"是我,吉姆,见到你真高兴。"于是,大卫·安德森和吉姆·墨菲——这条铁路所属公司的总裁,进行了愉快的交谈。在一个多小时的愉快交谈之后，两人友好地握手道别。

大卫·安德森的下属立刻包围了他，他们对于他是铁路总裁墨菲的朋友这一点感到非常震惊。大卫解释说，二十多年以前，他和吉姆·墨菲是在同一天开始为这条铁路工作的。其中一个人半认真半开玩笑地问大卫，为什么他现在仍在骄阳下工作，而吉姆·墨菲却成了总裁？大卫非常惆怅地说："二十三年前，我为一小时两美元的薪水而工作，吉姆·墨菲却是为这条铁路而工作。"

梦想越大，成就越高。越是卓越的人生越是梦想的产物。可以说，梦想越大，人生就越丰富，达成的成就就越卓越。梦想越小，人生的可塑性就越差。俗话说："期望值越高，达成期望的可能性越大。"把你的梦做得大一点，它不应该退缩在一个不恰当的位置，要学会接受梦想的牵引。

美国潜能成功学大师安东尼·罗宾说："如果你是个业务员，赚一万美元容易，还是十万美元容易？告诉你，是十万美元！"为什么呢？如果你的目标是赚一万美元，那么你的目标不过是能糊口。如果这就是工作的原因，请问你工作时会兴奋有劲吗？你会热情洋溢吗？

一个梦想远大的人，即使实际行动起来没有达到最终目标，他实际达到的目标也可能比梦想小的人的最终目标大。所以，梦想不妨大一点，梦想可以燃起一个人的所有激情和全部潜能，载着他抵达辉煌的彼岸。有了梦想，不要把"梦"停留在"想"的阶段，一定要付诸行动，制订可以带给我们方向感的目标。独具慧眼的人，决不会把视野局限在眼前的小利上，而是用极有远见的目光关注未来。

蒙提·罗伯茨在圣司多罗有个牧马场，他在一次活动的致辞中讲了一个故事。

初中时，有一次老师让全班同学写作文。那一晚，一个小男孩费了很大的心血把作文写成了，他描述他的宏伟志愿是拥有一个属于自己的牧场。他仔细地画了一张两百亩牧场的设计图，上面标有马厩和跑道的位置，在这一大片农场中央还要建一栋占地四百平方米的豪宅。

两天后，他拿回了作文，看到第一页上打了个又红又大的"F"，小男孩下课后带着作文去找老师，问："为什么给我不及格？"老师回答说："你小小年纪，不要老做白日梦。你没有钱，没有家庭背景，什么都没有，别太好高骛远了。"老师接着说："如果你肯重写一个不怎么离谱的志愿，我会重新给你打分。"小男孩回家反复思考了很久，然后征询父亲的意见。父亲对他说："儿子，这是非常重要的决定，你必须自己拿主意。"经过再三考虑，这个男孩决定原样交回。他告诉老师："即使不及格，我也不愿意放弃梦想。"

"我讲这个故事，是因为各位现在就身处那两百亩农场及占地四百平方米的豪宅中，那篇初中时写的作文我至今还保留着。"罗伯茨对大家说，"两年前的夏天，那位老师带了三十个学生来到我的农场露营一个星期，离开之前，他对我说：'蒙提，说来有些惭愧，你读初中时我曾泼你冷水，幸亏你有这样的毅力坚持自己的梦想。'"

开始时心中就怀有一个远大的目标，会让你逐渐具有一种良好的工作方法，养成理性的判断思维和工作习惯。如果一开始心中就怀有宏伟的最终目标，就会呈现出与众不同的眼界。有了一个高的奋斗目标，你的人生也就成功了一半。如果思想苍白、格调低下，生活质量也就趋于低劣；反之，生活则多姿多彩，尽享成功乐趣。

许多伟人坚信：你的目标越大，你的成就就越大。洛克菲勒曾说："你要永远记得，构建伟大的梦想不一定会比构建渺小的梦想花费你更多的时间和精力，而它却会带给你更多的回报。"

当你的工作只是为了自己短期的利益时，你的动力不是最强的，一旦遇到挫折就会放弃。当你的工作是为了长期的利益时，你的动力是很强的，一旦遇到挫折，你会为了这种使命感而坚持到底并全力以赴。成功者之所以有强大的动力并能不断努力，就是因为他们内心深处有着使命感。

在决定一个人成功的因素中，体力、智力、接受教育的程度都在其次，最重要的是一个人梦想的大小！有史以来，所有成功的案例都反复证明了一个道理，高瞻远瞩的梦想是神奇无比、无坚不摧的。你只需调动所有的潜能并加以运用，便能脱离平庸的人群，跻身精英的行列！

敢于尝试，才能让潜力真正发挥出来

如果说眼光决定了你能够成就多大的事业，那勇气就决定了你的事业是虚幻的还是真实的。如果一个人拥有足够的胸襟气度，却没有足够的勇气去实践，那他注定一事无成，只能在虚妄的幻想中达到成功的顶峰。

要想淘到人生的第一桶金，就要有失去金钱的准备，有即使失去一切，也要获得成功的勇气。人生最大的财富就是智慧的头脑和行动的勇气，前者用来思考，后者用来实践。

大部分年轻人喜欢想到就去做，这是一个很好的习惯，但也有人只是想想而已，觉得事情做起来有难度、有阻碍，就不去做了。这种态度极大地阻碍了年轻人才华的发挥，使他们最终变成一个畏畏缩缩、耽于幻想的人。

山上有一个放羊的孩子，他日日夜夜都想知道山的那一边有些什么。他很想翻过山去看看，但他从来都没出过远门，也从来没有跨过那道山脊。他对未知充满了恐惧，但也充满了渴望。他夜夜梦到山的那边开满了他喜欢的花朵，草丛里到处是蹦蹦跳跳的小兔子和碧绿的大蝈蝈。那是他最喜欢的东西，但山的这一边永远只有羊啃剩下的草根、讨厌的羊群、风刮来的沙子。他很想翻过山去看看，却又很怕这样做。终于，在这种折磨中，他的生命到了终点。他问妈妈："山那边有什么？"妈妈回答他："你为什么不自己去看看呢？"

是的，除了我们自己，没有人能代替我们行动。可能有人能帮你做决定，可能有人能帮你出谋划策，可能有人能帮你做事，但没有人能代替你战胜内心的恐惧、拿出勇气、立刻行动。对于赚取财富更是如此，有人能指点你赚钱的方法，但不可能有人替你去赚钱。

对于未知的恐惧，对于风险下意识的回避，是每个人都有的本能，只不过有些人能控制自己的负面情绪，让自己的理智和勇气战胜畏惧，而有些人则不能。对于不能战胜恐惧感的人，他们应该怎么办呢？秘诀就是马上行动，用行动来战胜恐惧感，让自己没有时间恐惧，没有机会犹犹豫豫、思前想后，没有机会退缩。只要走了第一步，剩下的就是坚持的问题。

心理学证明，恐惧来自我们的想象，它不一定是真实存在的。对于成功来说，恐惧无非就是害怕失去金钱，害怕失去已有的成就，害怕失败，更怕失败后会一蹶不振。想一下，如果我们不害怕失败，我们会怎样做？我们大概会抓住机会尝试一下，尝试的结果无非有两种：一是成功了，这样你就会获得巨大的成就；二是失败了，这样你就获得了经验，获得了继续努力的动力，你就会利用一切机会弥补自己本身的不足，你的实力就会一步步提高，最终达到获得成功所需要的实力。如果惧怕失败，你就不能找出自己的不足，不能使自己继续获得进步，结果就是故步自封，最终一事无成。

要知道人生最大的悲哀不是做事失败了、经商赔钱了，而是从来就没有开始过，没有投入过。所以，如果失去金钱，我们只损失了一小部分；如果失去名誉，我们就失去了更多；如果失去了勇气，我们就失去了一切。

只有鼓足勇气，敢于尝试，我们才能让潜力真正发挥出来，要知道人类的潜力是无穷的，有时候连你自己都会惊讶自己居然能够做到。社会上的成功人士，大多数是把自己的潜力充分发挥出来的人。一旦机遇降临，那些有勇气的人就会毫不犹豫地抓住机会，发挥潜力，迅速成功。而那些缺少勇气的人，还在计较自己要不要放弃已经到手的成果，去追求更大的成功。

所以，想要成功，就要做到做事之前不要犹豫、做事之后不要后悔。面对人生，既要有当机立断的决心，更要有永不后悔的气魄！面对自己所渴望获得的成功更是要如此。让勇气来扫清我们前面的一切障碍，让行动来赶走我们的恐惧心理，让成功来验证我们的想法。鼓起勇气行动是对的，如果不行动，我们就永远是失败者，永远被世人嘲笑。只要行动，就算失败了，也还有一线生机，还有成功的可能。

所以，年轻人一定要有直面人生的勇气。就算遭遇挫折，也要看到光明，就算跌倒了，也要知道自己一定能爬起来。面对挑战，我们一定要有自己做决定的勇气，既然做了决定，就要有面对失败承担责任的勇气，失败不一定会来临，但我们要敢于承担任何后果。勇气是一切成功的关键，只要有勇气面对未来的一切事情，包括成功和失败，我们就能无往而不胜。

有些人不是惧怕失败，而是没有勇气承认自己能成功，他们觉得自己只是凡人，没有成功的本钱。其实，成功没有更多秘诀，就是不断地跌倒，不断地爬起来总结经验，也不需要太多的本钱，只要你有勇气相信自己一定能做到，你就可以做到。只要我们心里有1%的渴望，就要用100%的勇气去行动，用100%的努力去换取成功。

失去金钱事小，失去名誉事大，失去勇气就失去了一切。重要的不是我们有没有经历过打击，而是我们有没有勇气面对这一切。"初生牛犊不怕虎"，年轻人一定要好好珍惜自己的勇气，用勇气来驱赶恐惧，获得人生的第一桶金。

第02章
勇敢去尝试,别甘愿做安全感的奴隶

一旦自我设限，你的人生就失去了无限可能

在生活中，有许多人不敢追求成功，原因并不是追求不到成功，而是他们在还没有开始追逐之前就在心里设定了一个"高度"，他们常常暗示自己：超过"高度"的成功是不可能的，自己是没办法做到的。

由此，"心理高度"成了人们无法取得成功的根本原因之一。自我设限是一件很悲哀的事情，我们应将成功的信念注入血液之中，不断地告诉自己"我能行""我努力就一定能成功""我是最优秀的"，不断增强自信心，勇于向成功奋进。如果你不逼自己一把，你根本无法想象自己有多么出色。

1900年的某天，著名教授普朗克和儿子在花园里散步，他看起来神情沮丧，遗憾地对儿子说："孩子，十分遗憾，我今天有个发现，它和牛顿的发现同样重要。"原来，他提出了量子力学假设以及普朗克公式，但是，他一直很崇拜并虔诚地奉牛顿的理论为权威，而自己的发现却将打破这一完美理论，他有些怀疑自己的判断，最终他宣布取消自己的假设。不久之后，25岁的爱因斯坦大胆假设，他吸收了普朗克假设并向纵深处引申，提出了光量子理论，奠定了量子力学的基础。随后，爱因斯坦又突破了牛顿绝对时空理论，创立了震惊世界的相对论，并一举成名。

对自己的怀疑，常常会让我们失去成功的机会，或是让我们放慢前进的脚步。普朗克对自己的怀疑，使物理学界的相关研究滞后了几十年。所以，在任何时候都切莫怀疑自己，而应努力、勇敢地证明自己，这样我们才有可能站在成功的顶峰。

1796年的一天，在德国哥廷根大学，19岁的高斯吃完了晚饭，就开始做导师单独布置给自己的每天例行三道数学题。高斯很快就把前面两道题做完了，这时，他看到了第三道题：要求只用圆规和一把没有刻度的直尺，画出一个正17边形。高斯对这道题没有一点头绪，时间很快就过去了，但是，这道题还是没有一点进展。高斯绞尽脑汁，但是，他很快发现自己学过的所有数学知识似乎都不能解答这道题。不过，这反而激起了高斯的斗志，他下定决心一定要把它做出来！他拿起了圆规和直尺，一边思考一边在纸上画着，尝试着用一些常规的思路去找出答案。

天快亮了，高斯长舒了一口气，自己终于解出了这道难题。见到导师，高斯有点内疚："您给我布置的第三道题，我竟然做了一个通宵，我辜负了您对我的栽培……"导师接过了作业，当即惊呆了，他用颤抖的声音对高斯说："这是你自己做出来的吗？"高斯有点疑惑："是我做的，但是，我花了一个通宵。"导师激动地说："你知不知道，你解开了一道有着两千多年历史的数学题，阿基米德没有解决，牛顿没有解决，你竟然一个晚上就做出来了，你才是真正的天才！"原来，导师误把这道难题交给了高斯。每当高斯回忆起这一幕时，总是说："如果有人告诉我，这是一道有两千多年历史的数学难题，我可能永远也没有信心将它解出来。"

我们应该永远记住一句话：你比自己想象中更优秀。因为我们每个人所拥有的潜能都是无穷的，我们所展现出来的只是九牛一毛，还有更多的潜能正等待我们去挖掘。相信自己，多给自己一些肯定，坚信自己永远比想象中更优秀一点，这样，你才会成功地挖掘出自己的潜在价值，从而使自己变得更优秀。

只要我们勇于去寻找真实的自我，激发出自己无穷的能量，就能够彰显自身的价值，这会让我们人生的每一刻都过得精彩。

许多人不明白自己的价值所在，他们也不知道自己到底有多大的潜能，因此，他们不知道自己到底会有多么强大。事实上，一个人的价值有时候是显现的，但在很多时候是隐现的，而在每个人的身体里，都蕴藏着巨大的能量，这就是我们的价值所在。

第02章
勇敢去尝试，别甘愿做安全感的奴隶

贪图安逸稳定，你就只能原地踏步

在职业生涯中，我们往往不愿频繁更换工作环境。不过，若是在同一种环境下工作得太久，总免不了会产生一种现象，那就是被环境同化，使自己丧失上进心和适应能力，而只能适应目前的工作环境。大量研究显示，人们做同一份工作差不多三年之后，在工作中就会产生一种"青蛙效应"：和身边的同事太熟悉，工作内容缺乏太大的挑战，可以说是安逸稳定，也可以说是原地踏步。

对很多人而言，尽管现在的工作难度看起来不那么高，他们也清楚这样的安逸状态持续下去将是有害的，却缺乏接受更难工作的勇气。你的身上如果出现这样的情况，就要警惕了，否则你就真的成为那只温水里的青蛙了。

小娜大学毕业后，进入了一个小镇的政府里上班。这是一个悠闲的工作，工资待遇很不错，福利也有保证，工作环境安逸。这对于刚刚大学毕业的小娜而言，无疑是一种幸福，她在小职员的岗位上快乐地工作着。而这一时期，一起毕业的同学还在辛苦地奔波着找工作，比起他们，小娜觉得自己的起点高多了。而且，比起那些销售、广告设计等工作，政府部门不管是人事制度还是工作方式都要更加规范，更重要的是工作难度并不大，每天只需要看看报纸、写写报告就行了，小娜觉得这是份非常安逸的工作。

五年过去了，小娜一直在政府做着小职员的工作。当她发现自己身边的朋友开始步入管理岗位，自己却依然做着小职员的时候，她才渐渐意识到：一直从事简单的工作，表现自己的机会自然也少了很多，也缺乏学习新东西的机会。而且自己也一直安于现状，从不主动积极争取机会，这些年来的收获要比当初一进公司工作就独当一面的同学少很多。尽管当初自己的待遇算是比较可观的，但现在看起来她已和朋友们相差很大一截。

任何一份工作都会有令人喜欢的部分，也会有令人不喜欢的部分。一份工作是否让人喜欢，需要综合考虑，如工作中的满足感、被认同感、个人兴趣、未来发展、薪资福利，甚至工作时间等，并非每一个安于现状的人都会成为温水里的青蛙，也并非所有的温水都一定会烧开。每个人的价值取向、性格脾气、家庭情况都不同，做出彻底的改变固然值得赞赏，不过，我们若能在现有的基础上调整自己、适应环境，那也是值得夸赞的。

那么，如何判断自己是不是温水中的青蛙呢？你可以想一下，是否工作中涉及专业技能的内容并不多，或者即使有，也只有那么一点，已经太熟悉了，自己也没有再去学习；自己所从事的行业并非朝阳行业，或者即使是朝阳行业，也并非核心部门；从事工作这么多年以来，职业或待遇没有显著变化，或许几年前工资待遇是令人羡慕嫉妒的，但这几年下来，别人都已经进步了，你依然在原地踏步；你与身边的同事一起工作很多年了，但始终只有几个关系不错的，甚至领导对你的印象也并不深刻。

如果你符合上述两条以上，那么你已经是温水中的青蛙了，应该保持警惕了。

大多数人看不清楚自己目前的状况，对未来充满迷茫，这在很大程度上是由于他们对未来没有一个十分明确的规划，也不清楚自己希望朝着什么方向发展。正所谓"生于忧患，死于安乐"，我们不妨考虑一下希望自己五年之后变成什么状态，若是按目前的状况是否可以走到那一步。

不断地学习会让我们意识到身边的危险和即将出现的变化，我们应开阔自己的视野，而不要故步自封、原地踏步。在这方面所有职业都是相通的，即便是公认的温水环境，如政府部门。尤其需要提醒你的是，千万不要等到工作有需要时才想到学习，而应将学习当成主动的目标，没事时哪怕看看书也是很不错的。

假如你真的决定摆脱"温水"环境，那么，不管是寻找全新的职场机遇，还是在现有的环境下做出改变，都需要适度忍耐。这种忍耐有可能是待遇方面的，也有可能是工作变动等方面的。假如一时的后退可以换来更大的前进，那所有的付出都是值得的。

当然，在温水环境里并不是最可怕的，可怕的是身在其中却不知，依然浑浑噩噩地过日子。所以，要随时保持自省，保持清醒的头脑，具备敏感度和警惕性；同时，即使在温水中，也不要太过忧虑，应想办法改变自己现在的处境。

从现在开始觉醒,敢于离开安全区域

在生活中,我们总是会有这样的时刻:课堂上老师提出一个问题,自己明明很想回答,却因为没有自信保证一定不会错而不敢主动争取;明明当初自己去参加聚会的目的是多认识一些陌生的朋友,开拓一下朋友圈,结果到了聚会当晚,相聊的却还是那几个熟悉的人;明明知道晨起锻炼身体对自己好处多多,却还是改不了每天熬夜晚睡的习惯……没错,从某种天性上来说,我们对接触陌生事物和改变固有习惯就是有着一种天然的抗拒,我们总是习惯于窝在自己构建的舒适区里面,不愿轻易地改变。从一定意义上来说,我们每个人的选择其实都是在我们能力范围以内所做出的自认为最优的选择,因而可以说,我们每个人其实都是安全感的奴隶。

人生在世,我们每个人都有自己不同的舒适区,它或者是一成不变的生活节奏,或者是不愿做出改变的一种状态,更或者是很多你早已习以为常的习惯。在这个熟知的安全区域里,你的日常生活总是被熟悉的事物填满,因为这些会给你带来满足感,让你认为"人生本就该是这样子的"。这一切你都无比熟悉,因此你根本就不会去思考为什么,也不会去追问为什么。你只会觉得这一切都是那么舒适,那么让你放松,让你能够掌握,能够拥有足够的安全感。这是我们人类的本性,也是我们天然的惰性所在。没有外在的压力和期望所造成的不安,我们往往会心安理得,得过且过。

但是,你我都无法保证我们能够永远待在自己的舒适区里面不受任何威胁。并且,在你并未走出舒适区,看到自己真正拥有多大潜能的时候,你其实是无法理解自己能够有多优秀的。当你真正走出去以后,你必定会发现一个很不一样的自己。

常年待在舒适区的最大弊端是会让我们逐渐变得麻木，就像是被温水煮着的青蛙，习惯了越来越热的水温，忍受着越来越恶劣的生存环境，到最后想要逃离的时候，却发现自己早已失去了跳出的能力和在外生存的能力。得过且过，这是一个特别恐怖的词语，也是人生最不值得的活法。怀抱着得过且过的心理会让我们失去对每天多学一点、进步一点的干劲和热情，会让我们陷入越累越麻痹、越麻痹越累的负能量怪圈。

因此，当你发现自己身上已经开始有了这些征兆的时候，应当立刻抓紧时间，尝试走出自己的舒适区。毕竟未来如此变动不安、不可预料，我们唯一能够做的就是提前进行准备，随时应对这世界出现的新变化。确实，我们每个人都有自己的现实顾虑，因此，我们总是会出于各种客观原因，不敢尝试新的事物，不敢踏出那一步。但其实，我们完全可以让自己在可控的范围内适当地走远一点，挑战一些通常不太会做的事情。

督促自己勇敢地走出自己的舒适区能够让我们更清楚地认识自己，发现自己的潜能，让我们更为全面地了解自己。或许，等你走出来以后，你会发现原先那些你认为太难或者不愿意做的事情其实是有实现的可能的。同时，督促自己早些迈出舒适区，也能够让自己找到更聪明、更有效率的工作方式，让自己在处理意想不到的变化时更加游刃有余。因此，我们应当让自己习惯走出舒适区，勇敢迈出人生的新步伐。

当我们开始挑战自己的时候，其实我们自己的舒适区也会逐渐得到调整。并且，当我们勇敢走出第一步，开始接触新鲜事物和新的知识以后，会让我们对自己原有的知识结构进行反思，让我们能够以一种新的视角和更高的要求重新审视自己，促使我们向固有的习惯和成见发起挑战，在新旧交锋和碰撞中不断地充实我们自己，成为更好的自己。

其实，我们每个人都会懒惰，偶尔的懒惰也并不是一件很可怕的事情，因为我们也会有需要休息和调整自己的时候。可怕的是当懒惰成为习惯，胆怯成为常态，让我们逐渐丢失了自己，最终迷失了自我。因此，我们应当时刻提醒自己，只有始终保持开放的心态，不断接受那些外在的挑战和刺激，同时不放弃对自我内在的探索，最终才能够不负此生。只有在适当的时候跳出自己的舒适圈，我们才能够面对更大的世界，也才能够越发靠近那个最真实的自己，看到我们最具活力的模样。当你内心真正觉醒以后，你才会主动要求跳出自己的舒适区，而只有你真正远离自己曾经的舒适区以后，你才会变成一个更好的自己。你才会发现，你真正的人生开始了。

一分耕耘一分收获，年轻就要多尝试

现代社会，人们的心态越来越浮躁，很少有人愿意依靠努力打拼改变命运，大多数人都想一蹴而就，或者恨不得生来就拥有一切。的确，有些人是含着金汤勺出生的，甚至普通穷人家的孩子，哪怕付出一生的努力，也可能无法达到"富二代"和"官二代"出生时的起点。那么，如果命运偏偏安排我们生在普通人家，难道我们就要因此而彻底放弃努力吗？这显然不是人生该有的态度，我们不如扪心自问：有几个人是生在罗马的呢？谁不是靠着自己的努力拼搏，才改变了命运的呢？既然没有不劳而获的好运气，那么不如就从平凡的生活做起，让根深深地扎入泥土，从而努力生长，改变命运。

很多年轻人在大学毕业后寻找工作的时候，恨不得拿最高的薪水，做最轻松的活。殊不知，在这个世界上除了父母能够无怨无悔地养活你之外，还有谁能够这样毫无保留地为你付出呢？职场上竞争非常激烈，作为没有任何工作经验的大学毕业生，要想找到心仪的工作并不是简单的事情。还有些大学生学历不够高，或者不是出身名校，那么就更要靠着自己的努力拼搏才能拥有美好的未来。

很多大学生想进入国企，因为他们觉得国企里收入高、福利好、工作清闲，实际上虽然国企的工作轻松，但是很难使人得到锻炼。那些进入私企工作的年轻人，在经历一段时间的历练之后会取得突飞猛进的进步。记住，这个世界上从没有一蹴而就的成功，也没有天上掉馅饼的好事。对于每个人而言，要想有所收获，就必须坚持付出，这是毋庸置疑的。如果年轻的时候选择了安逸和享受，那么等人到中年，我们也许就会吃足生活的苦头。相反，那些在年轻时努力工作的人，等到有了一定的资本和资历之后，就可以更轻松地面对生活和工作了。

每个人都向往岁月静好的生活，然而现实却并不能让人如意。对于每个年轻人而言，当下就是最应该努力拼搏的时刻。在本该吃苦的年纪，千万不要贪图安逸和享受，否则就相当于放弃了自己的人生。常言道，宝剑锋从磨砺出，梅花香自苦寒来。从大学校园中走出来时，每个大学生的条件都相差无几，而等到十年过去，在经历过社会的磨砺之后，大学同学再相见，彼此之间的成就简直是天壤之别。没有人愿意成为一个默默无闻的人，大多数人都想获得成功，但是我们只能改变自己而无法控制外面的世界。聪明的你，当然应该知道要怎么去做。

一分耕耘一分收获，很多时候并非我们能力不足，而是因为我们的内心禁锢了我们的选择。大多数人都想安逸，更想不劳而获，而在人生的每一个阶段，享受与付出都是相对的。尤其是在年轻的时候，付出总是必不可少的。只有那些努力付出并且时刻做好准备的人，才能抓住机会，改变人生。实际上，没有人生来就喜欢辛苦与操劳，但是生存游戏的规则告诉我们，要想在这个社会上立足就必须坚持付出。唯有经历付出的过程，我们才能让自己在奔跑中，越来越接近成功的终点。

有些人觉得命运不公，羡慕那些"富二代"总是能够不劳而获，轻松获得命运的青睐，得到更好的人生安排。殊不知，他们获得和享受的这一切，也是他们的前辈通过不断付出和努力才得到的。哪怕他们生来就比普通人起点高，但是他们依然要努力，否则，在社会竞争如此激烈的今天，他们也难免被淘汰。作为普通而又平凡的个体，我们一定要正视自己的命运，坚持做自己该做的事情。当你努力付出了，就无须为是否公平而过分纠结，记住，命运从来不会亏待每一个努力的人。

第02章
勇敢去尝试，别甘愿做安全感的奴隶

青春在于折腾，保护好心中那颗不安分的种子

有人认为安稳是福，所以终其一生都在追求安稳的生活。确实，稳定的生活是我们每个人追求的梦想，每天早上睁开眼，发现周围一切都是熟悉的，这其实是一件很幸福的事情。但是，我想告诉你的是，稳定或者是安稳，并不意味着一成不变和固守己见。爱折腾这件事情也并不意味着不靠谱和不安分，在现在这个信息化、多元化的时代里，爱折腾的人其实更容易获得成功，更容易达到想要的稳定状态。

为什么这么说呢？首先，爱折腾的人必定都拥有不安定的内心，他们不会一直满足于现状，总是会想要改变目前的状态，追求更好的生活。这点在我们追梦的过程中是很重要的。试想，如果你连想要改变的想法都没有，又何谈改进的行动呢？明明心中还有那么多未曾实现的梦想，又有什么理由停下前进的脚步呢？

曾经听一个朋友说过这么一段话：什么叫作出路？人生的出路从哪里来？出路就是走出去，既然需要走出去，那么人生的出路靠等必定是等不来的。因而，只有多出去走走，多折腾，活路才能出来。那么，什么又叫作困难呢？困难就是总将自己困在一个地方不动，一直不动，那人生自然就会越来越难了。

我这个朋友之所以会有这么深的感悟，是因为他自己就是一个特别能够折腾的人。暂且称呼这个朋友为胡老板，胡老板是我的小学同学，我们住在同一个村庄里，两家靠得很近，可以说是从小一起长大的发小。胡老板的家庭条件并不理想，他的父亲年轻的时候生过一场重病，留下了不能干重活的毛病，

又是一个没有文化的农村人，每年连自家种的几亩稻田打理起来都费劲，就更不要说干其他的重活了，农闲时只能每天四处转悠着拾点废纸盒子、空塑料瓶倒卖一下，赚点家用。他的母亲在他幼年的时候，忍受不了这种生活，狠心离开了他。从此，只剩下他和父亲两人相依为命，互相支持。

都说穷人的孩子早当家，胡老板正是这样。当我们还在父母的关照下按部就班地上大学的时候，胡老板就自己选择了学习绘画，因为只有这样才能够以最快的速度获得出去工作的能力。并且，胡老板自幼的愿望便是成为一名优秀的艺术家。于是，刚上大二胡老板就开始了自己的摆摊生涯，每逢天气好的时候，就带着自己的工具箱去学校附近的天桥下面帮行人画速写，一张画十元钱。每逢过年回家的时候，我都喜欢到胡老板家串门，调侃他帮我画上几幅画"收藏"起来，以后等着升值。胡老板很高兴，总是很认真地帮我画好。曾经，我一度以为，胡老板应该是要坚定地走艺术家这条道路的。

大四的时候，胡老板看到了一个培训机构的招聘信息，就进去做起了培训老师。每天带着小朋友们学习画画，他也有了更为稳定的收入。毕业以后，胡老板就用自己的积蓄和同学一起合开了一个小画室，自己做老板带学生画画。凡事只要用心，一定就能够有所突破，在经历了初期的艰难以后，凭借着良好的口碑和推荐，胡老板的画室招收到了越来越多的学生，他们的生意也做得越来越大。然而，就在短短两年以后，胡老板就将自己在画室里面的所有股份抽了出来，自己单独去开了一家零食坊。当胡老板告诉我这件事情的时候，我一度很不能理解，为什么他要放着这么现成稳定的钱不赚，又去自己折腾零食坊。胡老板只是朝我笑笑，说了一些自己的想法。他说画室虽然是赚钱，但是毕竟面对的生源有限，而且涉及诸多利益分配、成本投入的问题，自己一直做得很累。

离开画室以后，胡老板一心经营着自己的零食坊。短短三年时间里，已经发展出了十几家分店。现如今，胡老板将他这十几家零食坊都交给了一个专业经理人打理，自己则全心全意又经营起了一家火锅店。胡老板说，他现在的梦想就是有朝一日打造出自己的美食王国。就这样，胡老板家早已从我们村的贫穷户一跃成了数一数二的富足人家。胡老板的生活也是越折腾越开心，越折腾越自由，越折腾越幸福。

其实，生活中像胡老板这样喜欢折腾的人并不在少数。仔细观察身边的成功人士，你会发现，他们能够成功的原因，也往往在于他们身上这股爱折腾的劲。就像是现在最为人熟知的马云，当年是学校里的一名英语老师，拥有一份令人羡慕的"铁饭碗"，但他却偏偏不要，选择辞职出来折腾互联网，折腾电商，才有了现在的阿里巴巴电商帝国。再比如新东方培训学校的创始人俞敏洪，也是不安于现状，辞掉了北大的教师工作，出来创办了自己的专业学校，最终才获得了成功。

生活在这个物质资源富足的世界里，我们总是很容易就会产生一种满足感。这种满足感会让我们感受到安逸和舒适，会让我们产生一种似乎我们的生活和那些顶级人物的生活也是在同一水平线上的错觉。但其实，我们和他们之间的距离远到难以想象，远到超出我们的认知范畴。

我们应该将每天的时间花费在听课读书而不是沉迷于手机上，将每天的时间用于健身跑步而不是胡吃海塞，又或者，每天都严格规划时间而不是懒懒散散。平日里看不到的这些小区别，其实正是造成差距的原因所在。很多时候，人与人之间的区别和差距并不在于天分和运气，而就在这每天一点一滴的小事上。当你懒于折腾，贪图享受的时候，希望你能够想起这样一句话：你未来的样子正是由当下的你决定的。你的所有努力，时间都能看见。因此，保护好你心中那颗不安分的种子，不要将它随意丢弃，坚定地种下它，坚持地浇灌下去，最终一定会开出属于你的生命之花。

按部就班，你的人生只会越来越窄

几乎每个人都想获得成功，这是人趋利避害的本能。但是，成功远远不是古人所说的那样具备天时、地利、人和的条件就可以获得的。更多的时候，还要敢于冒险，还要努力尝试。众所周知，现代社会中各行各业的竞争非常激烈，所以作为一个职场人士，要想从行业中脱颖而出，也显得非常困难，想在社会中为自己赢得一席之地，更是难上加难。在现实生活中，有太多的人习惯墨守成规，他们不知道该如何打破限制和禁锢，而总是按部就班，因而发展得很慢。

人类社会之所以能不断地向前发展，就是因为有无数的人敢于冒险，敢于尝试。也许他们的尝试会失败，但是他们从中得到了经验和教训，因此他们在努力的道路上就前进了一步。这样的失败，比起故步自封、止步不前，是很大的进步。因此，我们也要有敢于冒险的精神。很多年轻人说，年轻就是资本，为此他们肆意挥霍青春，不愿意努力进取。的确，年轻是资本，但是年轻却不是浪费生命的理由，而是努力奋斗和冒险的资本。年轻人更要有冒险的精神，这样才能让人生的道路更为宽阔，让人生的天地更为辽阔。

如果你的青春从未有过冒险的经历，那么当青春的时光悄然流逝的时候，你如何才能说"我的青春我做主，我的人生无怨无悔"呢？当你把青春都荒废了，你未来一定会有更多的遗憾，也一定会感到很后悔。为了让人生无怨无悔，为了提升生命的质量，我们一定要积极地面对人生，勇敢无畏地向前。当然，不是每一次付出都有回报，也不是每一次冒险都有收获。哥伦布发现新大陆，也是在几次航行失败后才成功的；玄奘西天取经，也历经了无数凶险。

人怎么可能随随便便就能把事情做成功呢？只有不断地提升和磨炼自己，只有坚持不懈、勇往直前，我们才能更加有的放矢地面对自己，提升和完善自己。记住，当你足够优秀，成功之花必然会对你绽放。

小伟作为一个职场菜鸟，进公司没多久就开始"蠢蠢欲动"。他始终都牢记着那句话：不想当将军的士兵不是好士兵。为此，他一直都想吸引上司的注意，也想为自己争取到更多的机会。在入职半年的时候，小伟终于下定决心给上司写了一封信。在信件里，小伟对上司说："亲爱的领导，也许您不认识我，但是我却很熟悉您……今天是我入职半年的日子，我很想送自己一份礼物来纪念这个时刻。我想送给自己的礼物，就是得到您的评价。当然，我知道您日理万机，每天都很忙碌，也许根本没有时间来给我写评价，那也没关系，您只要告诉我，根据我这半年来的工作表现，我足以胜任更重要的工作和职务吗？"把信发给上司之后，小伟就一直很忐忑地等待着上司的回信。没想到，上司当天下午就给小伟回信了，在信件里，上司对小伟说："收拾东西，准备去非洲出差！"

平日里，那些老同事都不愿意去非洲出差，因为非洲不但生存环境很恶劣，而且还会面临疾病的困扰。所以每当上司说需要去非洲出差的时候，他们总是会忍不住退缩，找各种理由逃避。小伟接到信件时也很惊讶，因为他只是一个刚刚褪去青涩的新人，他倒不是不想去非洲出差，而是担心自己无法完成这么艰巨的任务。但是小伟决定接下这个任务，随着回信而来的，就是需要完成的工作任务。此后，上司从未联系过小伟，小伟就这样一头雾水地开始在非洲工作，甚至连坐在隔壁工位的同事都不知道他去了哪里！一个月之后，正当大家议论纷纷以为小伟不告而别的时候，小伟从非洲回来了，并直奔上司的办公室汇报工作。上司站起来对着小伟伸出手，说："你在非洲的工作表现我已经知道了。接下来，就由你担任非洲分公司的负责人。"上司发出的这个任命，不但小伟感到吃惊，就连同事们也都十分震惊。虽然非洲不是一个好地方，但是也轮不到一个毛头小子当非洲分公司的负责人吧！然而，上司的决议已经做出，小伟成功了。

上司为何会选定小伟去当非洲分公司的负责人呢？就是因为小伟有着敢于冒险的精神。只是得到了上司的一封回信，小伟就能够不再多说其他的话，直接奔赴非洲完成任务，不得不说他是一个非常有胆识的人，也是一个敢于冒险的人。因此，上司才会特别赏识小伟，并给予小伟如此重要的任务。

作为年轻人，一定要敢于冒险，也只有主动去冒险，才能得到更多的机会，真正证明自己的实力。否则，哪怕有机会摆在面前，也依然犹豫不决、内心惶恐，最终眼睁睁地看着机会从自己的眼前溜走，不得不说，这样的做法只会让我们距离成功越来越远。勇气不但是人生的动力，也是人生的脊梁，每个人都要鼓起勇气，挺直脊梁，才能无所畏惧地走好属于自己的人生之路，也才能活出独属于自己的精彩与充实！

不断地突破和超越自己，才能获得自我提升

现实生活中，很多人的人生都是凑合出来的，他们对于每天的衣食住行凑合，对于生命的选择稀里糊涂，对于爱情也可以委曲求全。到底他们的人生是用心过出来的，还是随随便便胡乱凑合出来的呢？当然是后者。这样的人生只是听一听就让人想起那句话，"味同鸡肋，食之无味，弃之可惜"。把好好的人生变成这样，不得不说是悲哀的。

在前几年热播的电视剧《何以笙箫默》中，男主角的一句话瞬间戳中追剧人的心："如果世界上曾经有那个人出现过，其他人都会变成将就，我不愿意将就。"虽然这句话中没有任何与爱有关的字，但是平实的语言却给人带来击中心灵的温暖。有时面对无奈的人生，面对残酷的现实，面对故意捉弄我们的命运，我们还能怎么办呢？如果不能奋起抗争，不能果断坚持，那么就只能凑合。一次又一次的凑合，让生命在不断地流逝中渐渐褪色，一次又一次地将就，看似对眼下的人生没有太大的影响，实际上却深深地伤害了人生。

人生从来不是用来假装的，每个人都应该更在乎内心的感受，而不要总是把所谓的形式放在第一位。人生也从来不是用来凑合的，凑合的选择不是对人生宽容，而是对自己懒惰的宽容。唯有努力认真生活的人，才能得到生命的馈赠，才能在生命之中有更好的表现和更大的发展。反之，凑合的人生必然越来越平庸。这就像是学生们在考试之前给自己制订目标，那些奔着一百分去的学生，至少也能考个九十分，而那些只想及格的同学，则每一科都很差。

对于学习，我们不能将就，因为现行的高考政策仍然是寒门学子最主要

的改变命运的方式，因而我们必须用成绩为自己代言，用努力为自己加分；对于工作，我们不能将就，因为一点一滴的付出，都会给予人生不一样的收获，将就固然能一时欺骗别人，却不能长久地欺骗自己；对于爱情，我们不能将就，也许原本是可以将就的，因为根本就不知道爱情应该呈现出什么样子，但是在遇到对的人之后就不能将就了，因为一切的将就既是对自己的不负责，也是对他人的不负责。既然人生之中事事都不能将就，那么我们又该怎么做呢？

不管你对人生的标准和要求是什么，你都必须做好一件事情才能应对复杂的情况，那就是不断地突破自我、超越自己，从而真正提升和完善自我。人生是瞬息万变的，我们周围的人和事也在不断地改变，与其被动地变，不如以不变应万变，这样才能让人生从容，也才能给予人生别样的发展和未来。然而，现实生活中，很多人想不明白这个道理，他们不懂得唯有提升自我才是从根本上解决问题的办法，而是盲目跟着形势去改变，最终只会使自己混乱不堪，不知所措，也让自己焦头烂额，对人生失望至极。人生是没有错的，唯一不对的是我们面对人生的方式。朋友们，面对人生，一定要坚定不移，要理智从容，这样才能享受人生。

第03章
去行动去试错，总比原地不动更有收获

行动是将梦想变为现实的唯一方法

在现实生活中，我们不难发现一个现象，很多成功人士并不是高学历者，那些高学历者也并不一定能成功。这是为什么呢？其实，这与他们对待梦想的态度和行为有关。低学历者更注重实践，为了目标，他们制订好计划，然后一步一个脚印地努力。而一些高学历者则太过注重理论知识，反而无法果断行动。这种现象在开放的社会已经较为普遍，我们并不是说这是一种必然，但从另一个侧面可以看到，光想不做是不会有好结果的。

曾经有哲人说过，"梦想指引我们飞升"。我们都知道梦想的伟大力量，但要把梦想变为现实只有一个方法，那就是行动。

活在当下的人们，如果你希望自己成为一名成功者，那么从现在开始，你就得放下空想，给自己制订一个详细的人生目标，并按照自己现有的条件去为之奋斗。只要你这么想了，也这么做了，那么你的人生最终就是成功的。否则，你永远只能"做梦"，而无法实现"梦想"。

要知道，任何人都不会随随便便成功，要成功，就要突破，就不能安于现状。要想突破，就要从现在开始，一步一个脚印，逐步提高自己，抓紧时间，奋斗进取，你就能拼搏出属于自己的一片天地。同时，当你跨过人生的沟坎之后，你会发现，原来一切困难不过是前进路上的小石子，轻轻一踢，它们就滚开了。

"一切用行动说话。"这是我们每个人应该记住的，仅仅只有理想是不够的，理想必须付诸行动，如果没有行动，那理想永远只是空想，只是空中楼阁、海市蜃楼，那么遥不可及。

第 03 章
去行动去试错，总比原地不动更有收获

生活中的人们，也许现在的你有很多梦想，你可能希望自己能成为著名企业家、人民教师、歌唱家等，但无论如何，你要知道，理想不同于妄想和幻想，目标要切实可行，行动要脚踏实地。这样，你离你的梦想才会越来越近。

因此，不管你的梦想多么高远，先做触手可及的小事。梦想是一个大目标，你需要做的是完成每天的小目标，这样，你朝大目标就近了一步。每近一步，你就会增加一份快乐、热忱与自信，消除一份恐惧，你也会更踏实，会从积极地思考进化为积极地领悟。这样，就没有什么事情可以阻挡你了。

立即去做，从现在就开始奋斗

虽然生活的节奏越来越快，工作催促得人连喘息的时间都没有，但是整个社会都有一种非常奇怪的现象，那就是很多人越来越喜欢拖延，恨不得停下手中的一切事情，把所有工作都拖到明天再做。他们陷入了一个误区，即觉得人生是非常漫长的，有无数个今天可以挥霍，有无数个明天可以期待，所以他们总是"我生待明日"。殊不知，"我生待明日"的结果，就是"万事成蹉跎"。他们最常挂在嘴边的话就是"今天太累了，我快忙死了，还是等等吧……"正是在这左一个等等右一个等等的过程中，他们渐渐迷失了自我，青春不再，也对人生失去了主动权。

人生的确很漫长，有几十年的时间，甚至有上百年的时间。而每年有三百六十五天，每天有二十四小时，让人误以为这一生漫长的无休无止，无穷无尽。所以很多年轻人以年轻为资本，肆意挥霍生命。却不知道在他们的不知不觉中，人生已经悄然溜走，一去不返。直到容颜迟暮，他们才会想起曾经青春美好的岁月都被荒废了，尽管悔不当初，却悔之晚矣。

如今，年轻人的世界充斥着各种各样的琐碎事情，诸如看看朋友圈，半个小时不知不觉就溜走了。再和朋友聊聊天，追一追网络小说，半天的时间也没有了。有些年轻人虽然有梦想，却从来没有决断力，这导致他们每天看似忙忙碌碌，却因为没有方向的指引和行动的支持，导致一切忙碌都是瞎忙，根本没有效率和成果。归根结底，原因正在于此。哪怕梦想再远大，如果没有行动作为支撑，梦想也会变成空想，也会导致我们的人生庸庸碌碌，毫无成就。

第03章
去行动去试错，总比原地不动更有收获

作为中文系毕业的好朋友，丽莎和小蕊一起进入同一家图书公司，都成了小编辑。对于自己的人生，丽莎有着很明确的规划，她很喜欢编辑的职务，因而为自己制订的十年计划是成为主编。尤其是当看到主编每天风度翩翩、气质潇洒地来上班，丽莎更是如同打了鸡血一般，把主编当成了自己的人生榜样。相比丽莎，小蕊则是顺其自然派的。她总是说"命里有时终须有，命里无时莫强求"，并且以此为借口劝说自己不要过分较真，而要顺其自然。正是因为这两种完全不同的人生观点，所以丽莎和小蕊对待工作的态度也截然不同。丽莎每天都把自己的日程安排得满满的，从不浪费工作时间里的一分一秒。丽莎这么做除了想要在工作上卓有成效之外，也是为了让自己在下班之后能全心全意地休息。但是小蕊呢？她别说上班日程满满了，就连早晨到达公司也总是不能准时。因为迟到，小蕊每个月都要被罚款好几百块钱，她自己却对此不以为意，觉得自己拥有艺术家的气质与风格，还说自己的懒散作风有当作家的潜质。就这样两年过去了，丽莎凭着勤奋刻苦，俨然已经熟悉了图书行业的流程，也能够自己把一整套图书出版流程全部做下来了。而小蕊依然只是个小小的编辑，只能做图书出版的某一个环节。一起进入公司的两个好朋友，起点也差不多，如今却有这么大的差距，不得不说都是她们自身的态度决定的。

小蕊总是寄希望于命运，似乎命运能够让天上掉馅饼，让自己一蹴而就。实际上，命运从不会平白无故对一个人好，而是会青睐那些努力的人。正因为如此，人们才说命运掌握在每个人自己手中，这实际上也是在激励人们更加勤奋和努力。就像丽莎一样，她的编辑生涯使她对图书行业的认识越来越深刻，她不但学习到了知识，也积累了宝贵的经验，未来的职业生涯必然一片光明。而小蕊呢，对于这样一个不思进取的女孩，相信上司也不会有太好的印象，也许不知道哪一天她就要卷起铺盖走人，重复找工作的痛苦过程了。

成功始于脚下。梦想再远大，也要从当下这一步迈出去才能开始实现。任何情况下，都不要觉得人生漫长，实际上恰恰相反，没有人知道自己的人生

将会在何时戛然而止。既然如此，不管是对于生活，还是对于工作，我们都要打起十二分的精神来，才能不断地提升和完善自我，让自己进入到人生的更高层次，也获得更伟大的成就。

生命有限，不要让懒惰空耗人生

古人云："业精于勤，荒于嬉；行成于思，毁于随。"这句话告诉我们：学业由于勤奋而精通，但它却荒废在嬉笑声中，事情由于反复思考而成功，但它却能毁灭于懒懒散散和随随便便中。任何人，即使是天才，如果不克服懒惰、做事拖延的毛病，最终也只会变成一个一事无成的人。

在当今社会，我们已经认识到了时间的重要性，人的一生，短短几十载，生命是有限的。如果我们浪费时间，工作和生活中总是拖拖拉拉，那么，最终只能白白浪费生命。而假如我们能充分利用自己的时间和精力，勤奋做事，那么，我们绝对可以做出更有价值的事情来。

懒惰总是和拖延狼狈为奸。曾有人问一个懒惰的人："你一天的活儿是怎么干完的？"这个人回答说："那很简单，我就把它当作昨天的活儿。"这就是惰性使然，其实，懒惰的人何止是把昨天的活儿拿到今天来干，有人甚至给那些懒惰的人下定义为：把不愉快或成为负担的事情抛到脑后，把"推迟"这件事当作生命中的主旋律。

生活中的你如果是一个懒惰的人，那你大部分的时间一定都用来浪费了，即便是做一件事情，也是担心这个担心那个，或者找借口推迟行动，结果往往错失了机会和灵感，到了最后，你只能去羡慕那些因为勤奋而获得财富的人。

拖沓、懒散的生活和工作态度，对许多人来说已经是一种常态，要想有所成就，我们就应该克服惰性，努力让自己变得勤勉起来。

美国前总统威尔逊出身贫寒，他还是个襁褓中的婴儿时就已经受到了贫穷的磨炼，因此，在他十岁时，就离开了家去当学徒工，这一工作就是十一年。这期间,他每年只能接受大概一个月的学校教育,然而,也就是在这十一年里,他想尽办法读书,读了一千本好书,这对一个农场里的孩子,是多么艰巨的任务啊!而在离开农场之后,他又选择徒步到一百英里之外的马萨诸塞州的内蒂克去学习皮匠手艺。

他在度过了二十一岁生日后的第一个月,就带着一队人马进入了人迹罕至的大森林,在那里采伐原木。威尔逊每天都是在天际的第一抹曙光出现之前起床,然后一直辛勤地工作到星星出来为止。在一个月夜以继日的辛劳努力之后,他获得了六美元的报酬。

就是在这样的穷途困境中,威尔逊暗下决心,不让任何一个发展自我、提升自我的机会溜走。很少有人能像他一样深刻地理解闲暇时光的价值。他像抓住黄金一样紧紧地抓住了零星的时间,不让一分一秒无所作为地从指缝间白白溜走。

十二年之后,他在政界脱颖而出,进入了国会,开始了他的政治生涯。

威尔逊的成功,就是勤奋学习的结果。学习是向成功前进的营养元素。而当今社会,日益激烈的竞争告诉每个人,只有知识才能改变命运,只有学习才能突破局限,才能具备竞争力。

当然,成功者获得成功并不仅是因为勤奋,还因为他们开动了大脑,在当今这个充满机遇的市场竞争中,所考验的就是人们思维的灵活性。一个人,只有发挥想象力,才能做出他人做不到的成就,才能享受财富带来的快乐。

阿尔伯特·哈伯德在美国是个传奇式人物。他出生于伊利诺伊州的布鲁明顿,哈伯德的父亲既是农场主又是乡村医生。哈伯德曾经供职于巴夫洛公司,工作任务是推销肥皂,但他并不喜欢这样的工作。1892年,哈伯德放弃了自己的事业进入了哈佛大学,随后,未完成学业的他又开始到英国徒步旅行。不久之后,哈伯德在伦敦遇到了威廉·莫瑞斯,并喜欢上了莫瑞斯的艺术与手工业出版社。

哈伯德回到美国后，试图找到一家出版社来出版自己的那套自传体丛书——《短暂的旅行》，但是，并没有一家出版社愿意给他出这本书，所以他决定自行出版，他创建了罗依科罗斯特出版社，哈伯德的书出版之后，他本人成了既高产又畅销的作家。

随着出版社规模的不断扩大，人们纷纷慕名而来拜访哈伯德。最初游客们会在出版社周围住宿，但随着人越来越多，周围的住宿设施已经无法容纳更多的人了，哈伯德为此特地盖了一座旅馆。在装修旅馆时，哈伯德让工人做了一种简单的直线型家具，而这种家具受到了游客们的喜欢，于是哈伯德开始进军家具制造业。家具公司业务蒸蒸日上的同时，出版社出版了《菲士利人》和《兄弟》两份月刊，而随后《致加西亚的信》的出版使哈伯德的影响力达到了顶峰。

有人说，阿尔伯特·哈伯德有着无比传奇的一生，他之所以能在多方面都获得成功，不仅因为他勤奋付出，还因为他有着与众不同的思维，敢于尝试，善于发现他人不曾发现的商机。

在《致加西亚的信》中，阿尔伯特·哈伯德讲述了罗文送信的故事："美国总统将一封写给加西亚的信交给了罗文，罗文接过信以后，并没有问'他在哪里'，而是立即出发。"拖沓、懒散的生活态度，对许多人来说已经是一种常态，要想成为罗文这样的人，我们应该克服惰性，努力让自己变得勤勉起来。

懒惰体现在两个方面，懒惰的思维和懒惰的行为。可以说，懒惰不仅是一个人成功的大敌，而且，它还是我们不良情绪的源头。在充满困难与挫折的人生道路上，懒惰的人过着极为单调的生活，在他们的生活里，只习惯于等、靠、要，从来不想发现、拼搏、创造，最终，他们不仅错过了多姿多彩的生活，而且会一事无成。

总之，一个人成就的大小取决于他做事情的习惯，而忍耐惰性是做事情的一个重要技巧。我们要想完成既定目标，取得成功，就应该培养勤勉的习惯。一旦养成了这个习惯，"完成目标，马上行动"就会成为一件自然而然的事情。

第03章
去行动去试错，总比原地不动更有收获

要想获得成长，就必须战胜懒惰这一劣根性

常言道，好吃莫若饺子，舒服莫若躺着。人的本能是趋利避害，每个人都想做对自己有利的事情，而不愿意做对自己有害的事情，更愿意享受，而不愿意辛苦地付出。在这种情况下，懒惰就成了人生的头号公敌，很多人在成长的过程中会不由自主地养成懒惰的坏习惯，也导致精力越来越萎靡不振。要想让人生动起来，精力旺盛，就一定要战胜懒惰，要把每一分精力都用得恰到好处，这样才能最大限度地发挥精力的效用，让人生绽放精彩。

当然，好习惯的养成需要漫长的过程，要想戒掉坏习惯，同样是很难的。一旦养成了懒惰的坏习惯，就要战胜自己的本能，也要让自己更加全力以赴做得更好。古人云，"生于忧患，死于安乐"，这告诉我们在安逸的环境中，人是很容易变得颓废沮丧的，也会因为过于安逸舒适而失去斗志。忧患的环境，能够让人更加全力以赴地去拼搏，努力地突破和成就自己，这才是最重要的。不得不说，人的劣根性很厉害，这种本能的力量让人很难战胜，因此我们一定要擦亮眼睛，提升自己的力量，这样才能在与各种糟糕本能斗争的过程中占据上风。

大学毕业后，小米和小叶这对好朋友、好闺蜜就分道扬镳了。小米回到家乡，在父母的安排下当了公务员，每天上班朝九晚五、按部就班，日子过得非常悠闲。而小叶呢，则背起行囊去了大城市打拼，在大城市里四处奔波，努力奋斗，最终才把工作定下来。当小米已经在家里张罗着结婚的时候，小叶还住在一间狭窄局促的地下室里，根本不知道如何才能改变自己的现状。但是，小叶没有放弃努力，而是始终坚定不移地向前，全力以赴地拼搏。

十年后，小米整个人都进入了养老退休的状态，每天就是接送孩子上学，然后去办公室，工作的节奏非常缓慢，一个星期也干不了一天的活儿。而小叶呢，看起来神采奕奕，精神昂然，完全不像是三十多岁的女人，更因为有了精明干练的气质和坚决果断的作风，看起来比大学时期还多了几分飒爽的风姿。小米和小叶见面的时候，很难让人相信她们是同龄人，而且曾经是同学。小米养尊处优，虽然整个人状态也不错，但是她看起来却无精打采，似乎生活没了奔头一样。而小叶呢，则正当人生的好年华，说起话来都带着风，走起路来更是精神抖擞。

小米和小叶为何会有这么大的反差呢？小米养尊处优惯了，生活处于停滞的状态，因此整个人都很倦怠。但是小叶则习惯于一直努力拼搏，始终都在坚持不懈地努力上进，因此小叶整个人都很挺拔，就像是一棵青松一样生长，挺拔于云霄。

人会很容易就沉迷于舒适的生活之中，不愿意继续努力。那么，要想获得成长，要想不懈地进取，人就要战胜劣根性，从而才能让自己变得更加勤奋，生命也会因为勤奋而熠熠闪光。有人曾经说过，万恶之源是懒惰，它能侵蚀人的心灵。因此，我们要时时刻刻提醒自己戒除懒惰，也要全力以赴驱赶懒惰，这样才能让人生变得更加有动力，也才会让人生有无限美好的前景和未来。当然，克服懒惰不是喊一喊口号就能做到的，而是有技巧的。首先，要保持进取之心，这样才能不断地推动自己努力成长，才能以进取心克服自身的很多坏习惯，让人生之花拥有更加肥沃的土壤和温床。其次，要学会肯定自己，不要总是拿自己的缺点和别人的优点进行比较，否则就会导致自己失去信心，也会使自己在成长过程中陷入困境。再次，还要制订详细周密的计划。前文说过，人的本能就是好逸恶劳，因此要想战胜懒惰，就要用计划来指导自己，让自己按部就班做好很多事情。最后，要为自己营造良好的学习环境，养成终身学习的好习惯。现代社会，知识更新换代的速度非常快，因此很多大学生一旦走出大学校园，在学校里所学的知识就已经不那么紧跟时代和潮流了，在这种情况下，就要始终保持学习的好习惯，从而才能让自己更加努力进取，始终保持积极向上的姿态。

总而言之，人生的时间和精力都是有限的，任何时候，我们都要把有限的精力用在最重要的事情上，而不要总是荒废时间和精力，导致自己的人生陷入困顿之中，无法获得成长和发展。有人说，你把时间用在哪里，哪里就会开花，那么你就要把时光和精力用在人生中最重要的事情上，从而让人生以最精彩的姿态绚烂绽放！

与其感慨时间的悄然流逝，不如珍惜时间

人生是一场没有归途的旅程，任何时候，我们都只能一往无前，哪怕再怎么后悔，时光也不会倒流，青春也不会回来。当相爱的人携手走过一生，生儿育女半辈子，最终却只剩下满脸皱纹，时间的确留给生命无限的感慨，使人不胜唏嘘。然而这就是生命的历程，一代又一代的人在时间中走过，走过满头青丝，走过人生的幸福美好，也走过人生的坎坷与磨难……

时间悄然流逝，不仅对于父母，其实对于每个人，时间都在嘀嘀嗒嗒一刻也不停歇地向前。很多年轻人仗着年轻，总觉得自己最大的资本就是有大把的时间，因为从来不担心挥霍时间，人生变得越来越短，他们反而肆意纵横，大有自己就是人生主宰的架势。实际上，时间对每个人而言都是平等的，每个人的人生都是未定的，每个人现有的一天都只有二十四小时，一分不多，一分也不少。时间都去哪儿了？父母的时间流逝在工作和操持家务中，那孩子的时间呢？除了养儿育女外，我们在人生之中还做了什么？当命运走到最后，我们除了被琐碎的事情淹没外，又收获了什么？还记得小学一年级刚进入学校时的情形吗？还记得大学毕业合影留念时的情形吗？还记得和所爱的人携手一生的那一刻吗？还记得迎来新生命的喜悦吗？这些人生的点点滴滴，都是生命中不能忘却的记忆和怀念。当然，也有的人人生中这些琐事所占的比例很小，他们大部分时间都在学习、工作和开会，他们自从离开家走入大学校园，与父母的缘分就只剩下每年甚至每几年中为期几天或者十几天的相聚。父母子女一场，双方也在时间的流逝中渐行渐远。

时间带走了我们对父母的依恋，带走了我们的健康、友情和爱情，也带

走了我们人生中原本非常值得珍惜的一切。不要再眼睁睁地看着时间溜走了，我们要努力勇敢地抓住时间，成为时间的主宰，成为命运的主宰，创造属于自己的人生。也不要人云亦云，盲目与他人攀比或者比较，毕竟人生短暂，我们不是追风的人，我们所要追求的是自己的生命。任何时候，都要遵从自己内心的选择；任何时候，都要相信我们可以做到主宰生命。

作为一家广告公司的负责人，丝丝自从大学毕业后回家的次数就越来越少，回家的时间也越来越短，渐渐地居然连给父母打电话的时间都没有了。每当夜深人静拖着疲惫的身体回到家里，丝丝累得连说话的力气都没有了，好几次都是妈妈深夜十点多打电话给她。妈妈也知道她经常要到深夜才下班，妈妈当然很心疼宝贝女儿，也几次提出让丝丝回家工作，每天朝九晚五，生活悠闲又惬意。但丝丝却总是不甘心，觉得自己既然在上海上大学，就应当留在上海工作。

今年的"十一"假期与中秋节重合，有八天假。为此，妈妈早早就打电话预定丝丝的假期，让丝丝回家过中秋。丝丝也知道自己从春节到现在都没有回家，每到过节，家里只有爸爸妈妈两个人，非常冷清。因而丝丝答应了妈妈的要求，也开始利用休息时间购买礼物，准备带回家。但是临近国庆，公司突然接了一个大项目，要求所有人员不得休假，全部按照每天三倍的薪水发放工资，全体加班。其实，丝丝如果想回家，当然还是能找到理由的，但是一想到八天的假期就能挣到一个月的工资，她不由得怦然心动："算了，买些东西寄给爸妈，我还是多挣点儿钱好孝顺他们吧！"当给妈妈打电话说起不回家的事情时，丝丝明显感觉到妈妈语气中的落寞。不过妈妈没有说什么，只是叮嘱丝丝过节去饭店吃，不要亏待自己，就挂断了电话。直到春节回家，丝丝看到妈妈已经瘦得没了人形，才知道妈妈半年前得了乳腺癌，手术之后一直都在化疗。丝丝埋怨妈妈为何不告诉她，妈妈说："你工作那么忙，不想让你分心啦。"丝丝泪如雨下。如果她国庆节回家，那个时候正是妈妈手术完第一次化疗的时候，是她为了所谓的工作，完全舍弃了亲情。

时间都去哪儿了，不要等到"树欲静而风不止，子欲养而亲不待"的时刻，才猛然醒悟时间已经悄悄溜走了，也不要等到自己的人生过半，才意识到自己失去了生命中最重要的东西。对每个人而言，生命都是弥足珍贵的，不要只会用那些词语来形容时间的流逝，而要深刻意识到时间真的就在分分秒秒中一去不返。

与其感慨时间的悄然流逝，不如珍惜时间。如果你想要获得工作上的成功，就拼尽全力地工作，但是一定要提高工作效率，意识到生活与工作同样重要，这样才能避免犯本末倒置的错误。如果你更热爱生活，珍惜家人和朋友，那么就把工作作为一种谋生的手段好了，更多地享受亲情、友情与爱情。不要像寒号鸟一样企图用哀号留下时间，我们唯有与时间赛跑，才能紧紧抓住生命中的每一个今天，不错过一分一秒。

成功永远属于有积极态度的人

不要只是被动地等待别人告诉你应该做什么，而应该主动去了解自己要做什么，并且规划它们，然后全力以赴地去完成。想想今天世界上最成功的那些人，有几个是唯唯诺诺、等人吩咐的人呢？

许多人被成功拒之门外，并不是因为成功遥不可及，而是他们不信任自己，他们主动放弃，认定自己不会成功。事实上，只要你每天要求自己超越自我一小步，成功便会如约而至，出现在你眼前。成大事的人就是如此。要获得卓越的成就，就应该主动追求。思想积极了，你才会摒弃懒散的习性。你必须让潜意识中充满积极的想法，无论在任何状况下，你都要超越自我。

卡耐基曾经说："只要你向前走，不必怕什么，你就能发现成功一定是你的！"一个有积极态度的人，不会只停留在已有的条件或已有的成绩上，他总是不停地开拓，不停地创造。世界是变化的，社会是发展的，我们不能被动地守着原有的东西，而应该主动地适应这种变化，不断地创新，不断地前进。谁有这种主动创新的积极态度，谁就能不断地排除困难，不断地获得成功。

钢铁大王安德鲁·卡内基19岁的时候在宾夕法尼亚铁路公司做电报员，一次偶然的机会，卡内基处理了一件意外事件，使他得到了提升。

当时的铁路是单线的，管理系统尚处于初级阶段，用电报发指令只是一种应急手段，有很大的风险，只有主管才有权力用电报给列车发指令。主管斯考特先生经常要在晚上去故障或事故现场，指挥疏通铁路线，因此，许多时候他都无法按时来办公室。一天上午，卡内基到办公室后，得知东部发生了一起严重事故，耽误了向西开的客车，而向东的客车则由信号员一段一段地引领前进，两个方向的货车都停了。到处都找不到斯考特先生，卡内基终于忍不住了，发出了"行车指令"。他知道，一旦他的指令错误，就意味着解雇和耻辱，也许还有刑事处罚。卡内基在自传中写道："然而我能让一切都运转起来，我知道我行。平时我在记录斯考特先生的命令时，不都干过吗？我知道要做什么，我开始做了。我用他的名义发出指令，将每一列车都发了出去，特别小心，坐在机器旁关注每一个信号，把列车从一个站调到另一个站。当斯考特先生到达办公室时，一切都已顺利运转起来了。他已经听说列车延误的事情了，第一句话就是：'事情怎样了？'"

当斯考特先生详细检查了情况后，从那天起，他就很少亲自给列车发指令了。不久，公司总裁汤姆逊先生来视察，见到卡内基便叫出了他的名字，原来总裁已经听说了他那次指挥列车的事迹。

莎士比亚曾说："聪明人会抓住每一次机会，更聪明的人会不断创造新机会。"这句话的意思是说我们对待机会要采取主动的态度，甚至要用我们的行动增加机会出现的可能性。著名剧作家萧伯纳说过一句非常富有哲理的话："征服世界的将是这样一些人：开始的时候，他们试图找到梦想中的东西。最终，当他们无法找到的时候，就亲手创造了它。"真正的成功者不但要善于把握机会，更要善于创造机会。

其实，在主动进取的人面前，机会是完全可以"创造"的。新中国石油战线的"铁人"王进喜有一句名言："有条件要上，没有条件创造条件也要上。"创造条件就是创造机会。如果你想成就某种事业而又不具备相应的条件，你就没有机会，而当你通过努力使自己具备了这些条件，就为自己创造了机会。努力提高自身的能力和水平，增强自身的优势，就会使自己拥有更多的机会，对于一个人和一个企业都是如此。

做个主动的人，要勇于实践，做个真正做事的人。创意本身不能带来成功，只有付诸实践时创意才有价值。用行动来克服恐惧，同时增强你的自信。怕什么就去做什么，你的恐惧自然会立刻消失。主动激发自己内在的精神，不要坐等精神来推动你去做事。主动一点，自然会精神百倍。

时时想到"现在""明天""将来"之类的句子跟"永远不可能做到"意义相同，要想到"我现在就去做"。立刻开始工作，态度要主动积极，要自告奋勇去改善现状。要主动承担工作，向大家证明你有成功的能力与雄心。

有了目标，没有行动，一切都会与原来的目标背道而驰。有了积极的人生态度，没有立即行动，一切都有可能转向成功的反面。所以说，主动是一切成功的源泉。赫胥黎曾说过："人生伟业的建立，不在能知，乃在能行。"并强调"行"乃是扭转人生最有力的武器。

不同的行动会产生不同的结果，从结果中又可带出新的行动，把我们带向特定的方向，最后就决定了我们的人生。这就是为何少数人能从芸芸众生中脱颖而出，他们不但有行动，并且有不同于一般人的主动。

行动胜于空想，一切用行动说话

要知道，一只鸟的翅膀再大，如果不努力振动，又怎能展翅高飞呢？一个人的才能再高，如果不努力拼搏，又怎能走向成功呢？一个国家的物产再丰富，如果不努力发展，又怎能屹立于世界民族之林呢？这一切都说明：行动胜于空想。

有位伟人说过："世界上只有两种人：空想家和行动者。空想家们善于谈论、想象、渴望，甚至设想去做大事情；而行动者则是去做！你现在就是一位空想家，似乎不管你怎样努力，你都无法让自己去完成那些你知道应该完成或是可以完成的事情。不过，不要紧，你还是可以把自己变成行动者的。"行动者比空想家做得成功，是因为行动者一贯采取持久的、有目的的行动，而空想家很少去着手行动，或是刚开始行动便很快懈怠了。行动者具备有目的地改变生活的能力。他们能够完成非凡的事业，与此形成鲜明对比的是，空想家只会站到一边，仅仅是梦想过这些而已。历史上的每一个伟人，无不是既拥有超前的思想，又拥有超凡的行动力，并通过发挥自己的优势而赢得荣誉的。社会上的成功人士，无一不是将思想与行动相结合，并通过自身的努力才获取胜利的。其实，像这样的例子不胜枚举。一句话，行动促成梦想。那么，生活中的人们，你是甘愿做一个事业有成的成功人士，还是只愿做个没有人生意味的普通人呢？如果你选择前者，那么，从现在开始，你就得给自己规划一个详细的人生目标，并按照自己现有的条件去奋斗。只要你这么想了，也这么做了，那么你的人生最终就是成功的。

"空谈误国，实干兴邦。"大到国家，小到个人，万事万物都得由小到

第03章 去行动去试错，总比原地不动更有收获

大。或许你现在做着看似不着边际、没有前景的工作。但我们要坚信，事物发展的道路是迂回曲折的，巴纳德说过："机会只偏爱那些有准备的人。"成功的秘诀在于开始着手，现在就采取行动，决不拖延，行动高于一切！把握现在的瞬间，从现在开始做，心动不如行动。愚公正是因为没有空想，才用行动移开了大山。

在一些人心中，其实也和愚公一样，都有一个远大的理想。然而他们往往缺乏坚定的信念、顽强的拼搏精神与必胜的信心，因此他们的目标只停留在口头上，难道这种"说话的巨人"也能轻易取得成功吗？这些人经常"三天打鱼，两天晒网"，根本就不付诸行动，试问这样的人怎能实现远大的理想呢？

只有"行动上的巨人"才是21世纪的书写者，才具有真正的王者风范。相反，"行动上的矮子"只会被岁月的潮流淘汰。当然，"行动"并不是一个抽象、空洞的词语。它需要你用坚定的信念、顽强拼搏的精神与必胜的信心来实现。

1. 敢想敢做——有计划，有目标

一个天生胆大的人，总是一个敢想敢做的人。虽然有时候看似是在冒险，也有危险，但其实最大的危险不是冒险，而是一生只求平安无所作为。当然，你还要做到突破思维局限，不断挑战自我。只要你足够勇敢，又拥有智慧，就没有什么事情是做不到的。

2. 突破自我——创造奇迹

一个人只有敢于打破现有的固定模式，才可能创造出奇迹。而奇迹不是每天都会发生的。想要奇迹发生，还要看你的行为和思维状况。那么，你是甘于平静，还是想让生命充满色彩呢？

当你每天早晨打开窗户的时候，会感受到一股新鲜的空气扑面而来。于是，你感觉自己的身心变得轻松起来。接下来要做的事情就是，投入到每天

的工作当中。好像这个世界上的事情永远做不完似的。另外，你可以每天让自己思考一点新奇的想法，给生活增添一点新奇的意味。如果你这样去做了，那么，你就等于在努力突破自我，虽然现在还没有奇迹发生，但至少你和原来的你是不同的了。

3. 超越环境——做一个胜利者

环境是特定的，人是灵活的。因此，人不能被特定的环境所限制，而是要努力去冲破环境的束缚。即人是不能被环境所征服的，因为，我们是勇敢的。我们要超越环境，做一个永远的胜利者。当一个人最想做自己的时候，那就等于他想解放自我，而不愿再做环境的奴隶，即使这样做要付出很大代价他们也不会退缩。

"一切用行动说话"，这大概是对我们理想的最好诠释，努力学习、工作，打好基础，社会才会接纳我们，我们的目标也才有实现的可能。

第04章
于错误中成长,于失败中积累成功的经验

自信是好事，但不可得意忘形

"龟兔赛跑"的故事大家都非常熟悉。兔子之所以输掉了比赛就是因为太过骄傲自满，小乌龟却知道勤能补拙的道理，最终赢得了比赛。人们夸赞小乌龟，是因为它赢在自己的劣势上，这是难能可贵的；与此同时，人们批评兔子，是因为它败在自己的优势上，这让人惋惜。是的，很多时候，战胜我们的不是强大的竞争对手，而是自己的"传统优势"。一些不大会游泳的人往往淹不死，而淹死的人多半是比较会游泳的人；兔子比乌龟跑得快，没想到赛跑时反而败在了乌龟面前。可见，有时候，如果骄傲自满，优势就会使我们变得忘乎所以，与成功失之交臂。

一只猴子和一个卖艺人是一对冤家，他们总是想要征服对方做自己的奴隶，于是他们就打了一个赌，看看谁能先从前面的这座山走到花果山，最后吃到那颗能让人长生不老的蟠桃。第二天，猴子和卖艺人同时从山下出发。一路上，猴子为了向卖艺人炫耀自己的本领，一会儿从这棵树上跳到那棵树上，一会儿又在地上不停地翻着跟斗。卖艺人见了，羡慕地说："猴子啊，你真的太厉害了，我好佩服你啊，你的技术那么娴熟，看来我输定了。"诸如这样的话，卖艺人一连对猴子说了十九天。猴子每次听了卖艺人的夸奖后，总是得意地想："你这个笨蛋，既不会爬树，又不会翻跟斗，怎么会走得比我快呢？要知道，翻山越岭可是我的强项啊，你就等着做我的奴隶吧！"第二十天，猴子还是在欣赏自己的技艺，它欢快地跳来跳去，可是突然想起卖艺人没有夸赞它，便想："卖艺人可能是害怕了，他知道比不过我，只好逃走了吧。"于是，猴子一个跟斗接一个跟斗地翻到了花果山。可是它到了花果山却呆住了，不敢相信自己的眼睛，卖艺人竟然先到了，他正高兴地吃着蟠桃呢！"这怎么可能？你既不会爬树，又不会翻跟斗，怎么可能比我先到呢？"猴子不解地问。"是的，因为我什么都不会，所以当你在表演的时候，我就在拼命地赶路，哈哈！"卖艺人说完，敲了一下手中的铜锣，说："从现在开始，你就是我的奴隶了。走，跟我卖艺去！"

猴子的结局与龟兔赛跑中的兔子是一样的。优势能给你带来便利，能让你的成功之路更为平坦，可是，稍有不慎，骄傲自大，那么优势就成为潜在的一大隐患。

类似的故事其实很多，我们可能会嘲笑故事里的角色，其实生活中的我们何尝不是也做过类似的事情呢？相信看完这个故事，我们每个人都会从中得到启发。

章鱼是一种营养比较丰富的海鲜食品，而且也是一种相当珍贵的营养品，所以很多人喜欢吃章鱼。然而，章鱼是海洋里的一霸，残忍好斗，并不是那么轻易就能被人所捕的。在过去，人们捕食章鱼是非常艰难的。但是章鱼的诡计逐渐被渔民发现了，它们很善于隐藏，喜欢将自己的身体塞进海螺壳躲起来，等到鱼虾靠近时，它们会突然变成庞然大物，向鱼虾发起猛烈进攻。它们是没有脊椎的，身体特别软，所以能把自己塞到特别小的空间里。这个秘密被发现之后，渔民们就想出了轻松搞定它们的方法。渔民们把一个个小瓶子用绳子串在一起沉入海底，章鱼见到了这些晶莹剔透、光滑可爱的小瓶子，好像见到了护身符一般，都争先恐后地往里钻，不管是多么狭小的空间，它们总是用尽全力地去钻。因此，渔民们轻而易举地就捕获了章鱼。

本是力大无比的海洋一霸，为什么却这样轻易地被人捕获？细细思之，章鱼的悲哀在于它不是败在自己的短处上，而是败在自己的优势上，正是因为这身体柔软、无孔不入的优点，它才葬送了生命。

人生在世，谁没个磕磕绊绊，关键的是爬起来之后，要想想以后的路该怎么去走。自信是好事，但是得意忘形却容易让你跌进自负的旋涡。如果我们真的遇到这种情况，被优势所羁绊，那么我们应该清醒，收收心，理智对待优势。一定不能目中无人，要知道天外有天、人外有人，要不停地进取，千万不要把精力花费在炫耀自己的优势上。

汲取到经验和教训，你的失败才有意义

有很多人，在人生中遭遇了很多事情，但是那些事情如同过眼云烟，很快就在他们的心中消散了。正所谓雁过留声，人过留名，如果事情发生之后和未曾发生一样，那么对于人生还有什么意义呢？最重要的是，遭遇过一些事情后，我们要有所反思，有所收获，才能在事情发生之后有所进步。也许有些朋友会感到很疑惑，不是说要学会忘记吗？为何又要抓住曾经发生的一切不放了呢？的确要学会忘记沉重的过往，然而这与我们在事情发生之后及时反思并不冲突。

常言道，失败是成功的阶梯。一个人之所以能够在人生的道路上不断攀升，就是因为他能够从失败中汲取经验和教训，也能够踩着失败的阶梯不断进步，提升和完善自我。和得到了什么相比，其实遭遇了什么并不是最重要的。因为遭遇的一切都已经成为历史，只有从中汲取经验和教训，才能使失败升华，成为未来进步的推动力。

对于有些事情，重要的是过程，对于另外的一些事情，重要的是结果。人生是一次没有归途的旅程，所以过程很重要，结果也很重要。我们不能不顾一切地奔向人生的终点，也不能因为过程中小小的不如意，就觉得人生无望，因而陷入被动之中。对于人生而言，哪怕失败了，也比毫无作为要好，至少失败能够告诉我们哪条路行不通，让我们在下次尝试时可以避开那条路。这样，也是一种收获。常言道，处处留心皆学问，面对人生，不管是失败还是成功，我们都要淡定从容，从而努力学习、吸收，也努力渗透，渐渐地参悟人生中的喜怒哀乐，也看淡人生中的悲欢离合。

很多朋友看过龟兔赛跑的故事，原本慢慢吞吞的小乌龟，之所以能够战胜兔子，跑到第一名，就是因为它从不放弃，也不管自己在比赛的过程中爬得有多慢，它始终在坚持不懈地爬，最终反而赢得了比赛，让小兔子追悔莫及。在人生中，我们也许不是遥遥领先的那个，甚至还会因为各种突发的情况导致暂时落后，这一切都没关系，因为人生不是百米冲刺，而是马拉松长跑。只要坚持不懈，我们总会扳回一局，甚至成功逆袭。当然，也有可能我们就是那只兔子，但是千万要注意，不要像兔子一样骄傲。如果你因为外界的干扰，或者因为骄傲自大而忘记了自己的初心，那么试想一下，你此前的付出就会因此而付诸东流，你根本没有可能改变局面，赢得成功。在这种情况下，你岂不是赔了夫人又折兵，导致人生毫无成就可言吗？这正应了本节的标题，遭遇了什么不重要，重要的是我们能从遭遇中反思，学到一些东西，总结人生的经验。

在整个华尔街，没有人不知道花旗集团的首席财务官兼执行总裁克劳切克。如今的克劳切克风头正盛，受到无数人的瞩目和钦佩，然而大多数人都不知道的是，克劳切克在获得成功之前曾经遭遇了很多艰难坎坷，甚至在上任之初也被人质疑和否定过。毫无疑问，这些都是她人生中的难关，换作别人，也许会感到非常沮丧，甚至没有信心和勇气继续向前了。但是克劳切克却偏偏不放弃，外界的压力越大，她就越坚强，并最终成为华尔街上一朵铿锵有力的"铁玫瑰"，名声在外，粉丝无数。

克劳切克的童年并不幸福，她长相平平，笨手笨脚，还曾经因此受到了很多同学的嘲笑。让人感到惊奇的是，默默无闻的童年并没有使克劳切克对自己失去信心，相反，她在经历了自卑又自闭的一段人生后，为了证明自己的实力而变得非常努力。在此过程中，母亲的支持也帮助克劳切克重新树立起信心，并且坚定不移地继续努力。渐渐地，克劳切克找回了自信，学习上也取得了巨大的进步。离开学校之后，克劳切克就像变了一个人一样。直到1994年，

第04章
于错误中成长，于失败中积累成功的经验

她下决心成为研究分析师，却遭到了华尔街上所有公司的拒绝。为了避免她错过拒绝的邮件，美邦公司甚至接连发了两封拒绝邮件。在短暂的沮丧之后，克劳切克依然毫不气馁，继续努力，并最终成为华尔街的"铁玫瑰"，活出了比大多数人都更精彩的人生。

现实生活中，相信很多朋友会有和克劳切克一样的烦恼，甚至在很长一段时间里都自我否定，根本不知道自己要如何做才能实现人生的价值。在这种情况下，再加上他人的否定和嘲讽，必然使得他们的信心被打击得丝毫不剩。然而，不经历风雨怎能见彩虹？越是艰难的时刻，越能够凸显人生的本色。所以朋友们，不要再为并不能代表什么的结果而耿耿于怀，唯有释然开怀，奔向更加远大的目标，我们才能避免舍本逐末，也才能更好地面对人生中的各种挫折。

人生要经过烈火的淬炼，才能浴火重生

在西方的传说中，不死鸟菲尼克斯每过五百年，就要把自己燃为灰烬，然后再从灰烬中浴火重生，获得永生。这个传说其实有着很深的寓意，菲尼克斯在烈火中化为灰烬，恰恰意味着它所承载的一切恩仇都随着烈焰消失，只留下美好，让它成为生命的永恒。凤凰涅槃的传说也告诉我们，唯有经历肉体上的磨炼，人的精神才能升华，并成为恒久的存在。俗语说凤凰涅槃，人生也要经过烈火的淬炼，才能浴火重生。在人生中，当我们遭遇各种各样的坎坷磨难时，先不要急于抱怨命运，而要勇敢地面对磨难，从磨难中站起来，超越磨难，最终成就无比坚强的自己。

在日常生活中，细心的朋友会发现，各种各样的抱怨总是不绝于耳。诸如，有人抱怨父母没有把自己生得漂亮或者高大威猛；有人抱怨自己生不逢时，不能享受时代红利；有人抱怨自己总是太倒霉，不管什么糟糕的事情都能赶得上；还有人抱怨孩子不够优秀。难怪人们总是说"人生不如意之事十之八九"，原来人生真的充满了各种不如意，而且也总是会带给我们形形色色的惊讶和惊吓。

为了安慰自己受伤的心灵，我们不由得想起《孟子》中的一段话："故天将降大任于斯人也，必先苦其心志，劳其筋骨，饿其体肤，空乏其身……"由此不难看出，能够担当大任的人必然要经历各种磨难和考验，而普通人要想在人生之中获得成长，走向成功，也必须忍受人生的苦难和磨难，从而才能战胜命运，成为人生的主宰者。

对于很多遭遇重重磨难最终却成功逆袭的人而言，人生就是一场绝地反

击的战斗。所以每个人生下来就要成为斗士，而不要因为自己不如他人起点高，就轻易地放弃努力。要记住，哪怕我们穷尽一生奋力拼搏之后的终点也比不上别人的起点，我们依然要努力。而命运之所以给我们一个更低的起点，就是希望我们通过绝地反击来证明我们的实力和能力。三千越甲可吞吴，世界上充满了奇迹，只要我们永不放弃。

举世闻名的大文豪巴尔扎克曾说，对于强者而言，挫折与不幸是晋升的阶梯，而对于弱者而言，却是无底的深渊，哪怕穷尽一生也无法挣脱。的确，一个人要想成为人生真正的强者，主宰命运和人生，就要坦然乐观地面对人生中无数的天堑鸿沟。不可否认，人生是客观的，哪怕我们主观的力量再强大，也不可能在人生中一帆风顺。所以我们要做的是在失败面前鼓起勇气，越挫越勇，坦然迎接失败，从失败中汲取经验和教训，避免再次承受同样的失败。记住，哪怕命运剥夺了我们与成功的缘分，我们也依然有权利幸福快乐、积极向上地面对人生。

1976年，一个先天残疾的女婴在美国阿伦敦市的一个普通家庭出生。女婴的父亲是个泥瓦匠，母亲是个销售员。女婴的残疾很严重，她一出生就没有长腓骨，导致小腿完全丧失功能。为了保住女孩的性命，在女孩一岁生日时，父母让医生锯掉了女孩的小腿。随着年龄越来越大，女孩也意识到了自己是残疾人，因而变得非常沮丧，对人生也失去了信心。这时，母亲告诉她："孩子，你来到这个世界上就是要经历磨难的，擦干眼泪，你的眼泪是珍珠。"女孩始终牢记着母亲的话，终于从悲伤中走了出来，对人生再次充满信心，斗志昂扬。

因为家庭贫困，父母无法更好地保护女孩，也不能支付昂贵的学费把女孩送到残疾人学校。为此，女孩不得不和所有正常的孩子一样去普通的学校学习。随着不断成长，女孩接受了五次矫正手术，即便如此，她身体上的残疾还是非常明显。每当觉察到人们异样的眼光时，女孩就觉得非常苦闷，也感受到了巨大的压力。为缓解内心的焦虑不安，女孩经常和弟弟们一起运动，还会通过泡热水澡的方式缓解自己的紧张情绪。后来，因为女孩的学习成绩很好，她还申请到了奖学金，为自己解决了读大学的学费问题。

在体育老师的鼓励下，女孩变得越来越自信，还报名参加了一百米赛跑。不承想，在比赛的过程中，女孩的义肢突然掉落，她在惯性作用下重重地摔倒在地。在场的观众们都很震惊，但是体育老师却挥手示意女孩安装好义肢，继续奔跑。比赛结束后，体育老师告诉女孩："人生就是一场比赛，停下来的人注定失败。"从此，女孩更加顽强不屈地在人生之路上奔跑，后来，她更是作为残疾人运动员参加比赛，获得了很多次冠军。女孩的事迹感动了很多美国人，后来，她居然在英国知名服装设计师的邀请下，带着义肢走上了展示时装的T台。如今，她成为举世闻名的残疾人模特，并且以自己的从容勇敢征服了全世界的人。她就是艾米·穆斯林，她就是那个从来没有被残疾打败的传奇。

人生是一场漫长的旅途，既有康庄大道，一眼就能看到尽头；也有蜿蜒曲折、充满坎坷的小路，道路两旁既有美丽绚烂的鲜花，也有茂密丛生的荆棘。在人生的路上遭遇风雨泥泞，难道我们还有回头路可走吗？当然不可能。人生是没有回程的单程旅途，我们哪怕无数次遭遇挫折，也只能越挫越勇，勇往直前。很多明智的父母都知道，当孩子不小心摔倒时，不要急着去扶起孩子，而要让孩子依靠自己的力量爬起来，从而才能帮助孩子积聚力量，更加勇往直前。否则，如果父母不管不顾地直接扶起孩子，渐渐地，孩子就会越来越依赖父母，最终成为温室里的花朵，一旦摆脱父母的照顾，就无所适从。

人生中真正的强者，是能够挣脱内心的束缚，坦然迎接命运的人。他们对待命运最坚强的姿态，不是与命运抗衡，而是接受命运，就像接受自己与生俱来的一切那么自然而从容。唯有如此，他们才能与苦难共生，也才会把苦难视为人生中必不可少的一部分，从而主动反思苦难，提升自我，也锻造人生。明智的朋友们要记住，就算生活永远对我们冷漠，我们也有无数个理由对着人生绽放来自心底的微笑。

你在今天流的汗水和泪水，都会为你美好的明天奠定基础

现代社会中有一句流行语，即："请人吃饭，不如请人流汗。"不知道从何时开始，人们越来越关注健康和养生，从最初的把吃喝作为首要，到现在把健身运动和流汗排毒放在前面，这不但象征着人们观念的更新，也象征着社会的发展和进步。很久以前，有位伟大的领袖就曾说过，身体是革命的本钱。即使在现代社会，人们也知道健康的身体是"1"，其他的一切都是"0"。如果没有"1"作为基础，那么人生哪怕得到了很多也终究会归零。由此可见，身体健康是多么重要。

在演艺圈，尤其是在以瘦为美的当代社会，不但明星追求身材苗条，大多数普通人也都希望自己变得更瘦一些，更精干一些。不得不说，瘦已经不只是身体的状态，更是对于人生的态度和坚持。试想，一个人如果没有毅力管住自己的嘴巴，迈开自己的腿，那么又能成功地做好什么事情呢？归根结底，人生是需要毅力和韧性的，每个人要想在人生的道路上获得成功，就必须足够坚持，决不放弃。

现在有很多综艺节目是关于减肥的。看着那些体重超标好几倍的肥胖者艰难地运动，哪怕一个仰卧起坐也不能坚持完成，让人在欢笑之余不由得流出眼泪。还有些年轻的女孩原本对于爱情有着无限的憧憬，却因为身体肥胖的原因总是深受打击。为了奔向幸福美好的前程，她们激励自己鼓起勇气面对一切，于是决定要开展比赛，从而让减肥进度更加顺利。最终，她们不但战胜了肥胖，也战胜了自己的内心，突破了心中的囚牢，做到坦然从容地对待这个世界。

朋友们，在任何时候都要看清自己的努力。归根结底，你在今天流的汗水和泪水，都会为你美好的明天奠定基础，从而让你在未来的人生中获得巨大的收获。也许有些朋友会质疑那些真人秀节目，觉得真人秀节目无限夸大了事实，也创造了夸张的效果。的确，每一档电视节目都需要提高收视率，才能更好地生存下来，而作为节目的创造者，能够如此不遗余力地做好一档节目，原本就是值得我们钦佩的。尤其是真人秀节目，不但不能PS照片，还要以真实的数据公开每一个成员在减肥之路上的进展，的确使人感到压力倍增。每一个肥胖者要想拥有美好的未来，都要在今天对自己足够狠，哪怕不能在最短的时间内使自己瘦成一道闪电，提高自制力也会提起自己的精气神，让自己尽情享受人生。

现实生活中，很多朋友看到他人的成就会感到惊讶和羡慕，却又抱怨命运不公平，没有给予自己同样的好运，没能使自己也轻而易举地获得成功。实际上，这个世界上没有任何人的成功是一蹴而就的，天上也从来不会掉馅饼。我们与其羡慕他人的成就，不如反思自身是否也能够像他人一样付出，甚至能比他人更努力。如果答案是否定的，如果在他人坚持努力的时候你却在花天酒地、悠闲自得，那么请马上停止抱怨，因为不曾努力的你根本无权要求获得什么结果。如今有很多人也为自己制订了跑步的计划及健康的饮食计划，但是真正能坚持下来的人却少之又少。最重要的是，你必须切实展开行动，而且坚持去做，才能最大限度发挥自身的实力，从而让自己赢得众人的羡慕。古人云："不积跬步，无以至千里，不积小流，无以成江海。"任何伟大的成就，都是由点点滴滴的努力汇聚而成的。所以不要看不上那些零碎的时间，也不要觉得小小的努力无关紧要，也许你今天迈出的小小一步就会成为让你的人生获得成功的关键一步，重要的在于：你必须坚持，而且决不放弃。

对于努力，很多人存在误解，也迷信所谓的种瓜得瓜种豆得豆，实际上，努力未必有收获。那么，我们就可以以此为借口不再努力了吗？当然不是，因为"努力了未必有收获"的后一句是：如果不努力，就不会有任何收获。既然如此，我们为什么不努力呢？又有什么资格在不努力的情况下奢求回报呢？所谓英雄不问出处，面对人生，我们也要不计收获地付出，只有这样才能让努力得到回报，或者起码可以让我们体悟到人生的艰难辛苦，加深对人生的理解和感悟。

谁都会犯错误，但别在错误中迷失自己

在这个世界上，每一个普普通通的人都是会犯错误的。最重要的不是在错误中沉迷，而是要能够反思错误，从错误中汲取失败的经验和教训，也从错误中找到努力向上的阶梯，这样才能以错误作为改正的契机，也让自己的人生获得更大的成长空间和更多的成功可能。

记住，人不是圣贤，也不是神仙，更不是上帝，每个人都会犯错误，正是在犯错误的过程中，人才能不断地尝试，也才能从失败中汲取经验和教训，保持成长。有些人以不犯错作为人生的目标，作为工作的方向，殊不知，只有故步自封才能避免犯错。这样的方式不但让人远离失败和错误，也让人远离成功，失去一切成功的可能性。在犯错之后，不要始终沉浸在错误之中无法自拔，而是要认识到错误是人生的常态，我们要积极地面对错误。在认真反省错误之后，把错误抛之脑后，这样人生才会进入更加理想的状态，也才会因为错误而获得成长。

细心的朋友们都会有相同的感受，那就是在犯了错误之后因为害怕被责备，也害怕因此而被别人瞧不起，所以总是想逃避错误。其实，这是面对错误最糟糕的方式，因为我们如果不能抓住犯错误的机会积极地改正错误，那么日久天长，我们就会因错误而迷失，甚至还会再犯下相同的错误。总而言之，我们一定要正确对待错误，才能不断地成长，也才能在成长的过程中砥砺前行，不忘初心。

在犯错误之后，如果错误对别人造成了伤害，千万不要急于为自己解释，因为此时此刻的解释哪怕是出于真心，也会使人误以为你在为自己狡辩。

第 04 章
于错误中成长，于失败中积累成功的经验

正确的做法是第一时间就真诚地向他人道歉，毕竟错了就是错了，没有什么好掩饰的，也没有什么好逃避的。每个人都会犯错误，一个明智理性的人，会宽容地接纳他人的错误，也会给予他人切实有效的帮助，使他人从错误的局限性中走出来。从这个意义上来说，我们在自己犯错之后没有必要害怕被别人嘲笑或者挖苦讽刺，在他人犯错之后，也要对他人怀着宽容友善的态度，这样才能理解和原谅他人，也才能建立良好的人际关系。实际上，对于那些能够勇敢地承认错误且承担起责任的人，人们总是非常宽容。

当然，可以弥补的错误还不是最糟糕的，最糟糕的是错误引起了严重的后果，而且根本没有可能弥补。这样的错误往往是最折磨人的，也会给人带来莫大的遗憾。例如，当年的乔安山，因为开车的时候不小心撞倒了电线杆，导致班长雷锋去世。在此后的人生中，乔安山一直为此感到内疚，为了继承雷锋乐于助人的优良传统，他此后也一直坚持做好事，甚至因此而被他人误解。但是，他从来没有改变过乐于助人的心。实际上，乔安山因为撞倒电线杆导致雷锋死亡，绝对不是故意为之，而是纯粹的意外。对于这样的错误，他产生深深的懊悔和沮丧在所难免，但是也不应因此而过度自责。毕竟命运是无常的，很多事情我们并无力改变，既然如此，就只能坦然接受。此外，也有很多事情是人力所不可抗拒的，那么就要坦然面对。否则，一直活在对于错误的懊丧之中，非但不能弥补错误，反而会让自己也因为错误而变得颓废沮丧，这是得不偿失的。从另一个角度而言，弥补错误的方式有很多，虽然无法改变最直接的后果，也可以以其他的方式弥补。总而言之，只要自己是真心想要改正和弥补错误，也是真心想要把事情的结果变得更好一些，就可以拼尽全力而为，也可以不遗余力去做好。

人生在世，没有人能够保证自己每一件事情都做得非常正确。只有不断地努力进取，给予人生更多的成长空间，才能全力以赴做好该做的事情，才能把人生活出独特的精彩与辉煌。

上百次的尝试，才能铸就短暂的光辉

俗话说："台上一分钟，台下十年功。"可能在台上表演的时间只有短短的一分钟，但为了台上这一分钟的表演时间，许多人却要为此付出十年甚至更长时间的艰辛努力。

同样，在这个世界，没有任何一个人能随随便便成功，因为罗马城也不是一天就建成的，蜕变来自长时间的积累，一步登天的奇迹以及一蹴而就的成功，也是经历了上百次的尝试，才铸就了这样短暂的光辉。

做每一件事就好像建城一样，你要想把它建成、建好，就必须付出超人的代价和心血。我们应该记住，通往成功的道路从来都不会是一条风和日丽的坦途，人生必须渡过逆流才能走向更高的层次，最重要的是要在这个过程中学会忍耐，蓄势待发，最终才能一举成功。

有"奥运史上第一个世界冠军"之称的康纳利曾于1895年被哈佛大学录取，专业是古典文学，而在学校的时候，他已经是当时的全美三级跳远冠军了。那一届的奥运会在雅典举行，康纳利听说后准备向学校请八周假去参加比赛，但学校拒绝了他的要求。然而，康纳利坚持了自己的决定，他想一试身手，于是，他毅然离开了哈佛，自己争取到了参加奥运会的资格，成为美国代表团的十一个成员之一。

同行的参赛队员都是免费参加比赛的，但康纳利是个贫穷的学生，他哪有这样的待遇，他这次参赛是在一家很小的体育协会的赞助下进行的，由于资金紧张，他花掉了自己仅有的七百美元积蓄，才登上了德国德福达号货船。

然而，就在出发前的两天，他的后背突然受伤了，他差点绝望，但庆幸的是，从纽约到那不勒斯的航行过程中，他的伤竟然痊愈了。但刚刚下船，康纳利的钱包又被偷走了，这还不算最糟糕的，由于希腊和美国的日历不同，就在他们到达的第二天就需要进行比赛，本来他们以为比赛会在十二天之后举行。而更糟糕的是，康纳利从小所练习的是单足跳、跨步、起跳，而奥运会三级跳远项目的起跳要求是单足跳、单足跳、起跳。

1896年4月6日下午，三级跳远比赛开始了。在别的运动员跳完之后，康纳利最后一个出场了。他走到沙坑前面，把自己的帽子扔到了一个别的运动员跳不到的位置上，大声叫喊着："我要跳到帽子那里去。"他在跑道上加速，按照新的规则，先两个单足跳，然后起跳，最后他落在了比他的帽子更远的地方，跳出了13.71米的好成绩，成为现代奥运会历史上的第一个冠军。后来，康纳利与哈佛大学达成和解，并获得了博士学位。

或许，大多数人所知道的信息是"1896年4月6日，来自美国哈佛大学的大学生詹姆斯·康纳利成为现代奥运史上的第一个世界冠军"。这只是表面的信息，我们却不知其背后的艰辛，且不说康纳利在去参加比赛之前所遇到的糟糕情况，只是说康纳利从小就开始练习跳远，但直到上了大学之后，才有幸参加了奥运会，因此才展露了自己的才华，其中忍耐的时间就有多长呢？但康纳利都坚持了过来，并且一直没有放弃，最终修建了属于自己的"罗马城"。

小时候的童第周有着较强的好奇心，他看到不懂的问题往往要拉住父亲问个明白，父亲每次都不厌其烦地给他讲解。

有一天，童第周看到屋檐下的石阶上整整齐齐地排列着一行小坑，他觉得非常奇怪，琢磨半天也弄不明白这是怎么回事，便去问父亲："父亲，那屋檐下石板上的小坑是谁敲出来的？是做什么用的呀？"父亲看到儿子这样好奇，高兴地说："这不是人凿的，这是檐头水滴下来敲的。"小童第周感到更奇怪了，水还能把坚硬的石头敲出坑吗？父亲耐心地解释说："一滴水当然敲不出坑，但是日久天长，点点滴滴不断地敲，不但能敲出坑，还能敲出一个洞呢，古人不是常说'滴水穿石'吗？就是这个道理。"

父亲的一席话，在小童第周的心里激起了一阵阵涟漪，他坐在屋檐下的石阶上，望着父亲，似懂非懂地点点头。在家里，由于农活比较多，童第周对学习失去了兴趣，不想读书了。这时父亲耐心地开导童第周说："你还记得滴水穿石的故事吗？小小的檐水只要长年坚持不懈，能把坚硬的石头敲穿，难道一个人的恒心不如檐水吗？学知识也是靠一点点积累，坚持不懈才能获得成功。"同时，为了更好地鼓励童第周继续上学，父亲书写了"滴水穿石"这四个大字赠给他，并充满期望地说："你要把它作为座右铭，永世不忘。"

生活中，做任何事情都需要一个过程，一点点累积，就足以凝聚成一股巨大的力量。如果你放松了平日的努力，只靠临时抱佛脚，那么注定会失败。有时候，在平日中不断努力却没有得到回报的人们，心里总是抱怨：为什么上天不公平呢？其实，上帝给予我们的都是公平的，如果你还没有得到回报，那只是因为时机还没到，因为时间就是最好的见证者，它见证了你一天天的努力，最后，它也将见证你的成功。

哲人说："成功者大都起始于不好的环境并经历过许多令人心碎的挣扎和奋斗。他们生命的转折点通常都是在危急时刻才降临。经历了这些沧桑之后，他们才具有了更健全的人格和更强大的力量。"一个人若是不付出、不努力，就梦想着成功，那根本就是做白日梦，时间不会给予你任何东西，只会给你的人生留下一段空白。生活就是这样，你需要付出，才能有所收获，而这样的付出是不能间断的，一旦你放弃了，那你即将获得的成功也会随之不见。在更多的时候，你的付出与收获是成正比的，你付出的汗水和艰辛越多，你收获的东西也将越多。相反，如果你一点都不想付出，只想坐等成功，你最后等来的只会是一场空。

第05章

别被挫折吓倒，成功之路就是不断重来

要有直面困难的勇气

我们都知道,在人生道路上,困难和挫折是难免的,尤其是希望有一番成就的人们,更要有心理准备,人生会起起伏伏,我们无法预料,但是有一点我们一定要牢牢记住:逆境能吞噬弱者,也能造就强者。当你遇到逆境时,千万不要忧郁沮丧,无论发生什么事情,无论你有多么痛苦,都不要整天沉溺于其中无法自拔,不要让痛苦占据你的心灵。即便身处绝境,我们也要有勇气直面困难并且坚持一直向好的方向行进,努力达到和谐的状态,这样,你才能战胜困难,走出困境。

人们常说"置之死地而后生"。为什么生命在"死地"却能"后生"?就是因为"死地"给了人巨大的压力,并由此转化成了动力。没有这种"死地"的压力,又哪有"后生"的动力?这一点,也向我们证明了困境的激励作用。

实际上,上天对我们每个人都是公平的,为什么有些人能取得成功的果实,有些人却只能甘于平庸?其中一个很重要的因素就是他们是否有走出困境的毅力。命运在为我们创造机会的同时,也为我们制造了不少"麻烦"。此时,如果倒下了,那么你也就失去了成功的机会;如果你经过挫折、失败的锤炼后变得更加坚强,那么你就是真正的强者。

科学家贝佛里奇也曾说过:"人们最出色的工作往往在逆境中做出。思想上的压力,甚至肉体上的痛苦都可能成为精神上的兴奋剂。"因此可以说,逆境是造就人才的一种特殊环境。"自古英雄多磨难",历史上许多仁人志士都在与逆境斗争的过程中做出了不平凡的业绩。因此,渴望成功的人们,任何时候都不要放弃希望,哪怕处于人生的绝境中,只要你抱有希望,就能绝处逢生。

当我们面临考验时,往往会以为是自己已经到了绝境,但此时,不妨静下心来想一想,难道真的没有机会了吗?当然不,只要你满怀希望,就会发现,你在经受的只是一个考验,坚持过去就是光明,就是成功。

当然,要走出困境,关键还在于我们自己。古语云:"自助者,天助之。"把别人的帮助当作希望,往往只是一种被动的奢求,外界的帮助使人更加脆弱,自助却使人得到恒久的鼓励。

法国作家巴尔扎克说:"挫折就像一块石头,对于弱者来说是绊脚石,让你止步不前;而对于强者来说却是垫脚石,使你站得更高。"只有抱着崇高的生活目标,树立崇高人生理想,并自觉地在挫折中磨炼自己,在挫折中奋起,在挫折中追求的人,才有希望成为生活的强者。

所以,世界上没有什么事情是不可能的,如果你有成就事业的强烈愿望,说明你已经成功了一半,剩下的就是用心去实现它了。

跨越艰难困苦，你的人生也会变得丰盈厚重

人人都渴望成功，殊不知，成功并非那么容易。大多数情况下，我们要想获得成功，就必然要不断努力、坚持付出。尤其是在人生遭遇逆境的时候，我们面对挫折和磨难，到底是选择迎难而上还是选择知难而退，最终会对我们的人生产生很大的影响。现实生活中，很多朋友仰视成功者，对成功者无比钦佩，甚至反问自己为何不像对方那样成功。其实，细心的朋友就会发现，他们的成功并非偶然，他们的为人处世以及对待人生的态度，与失败者都是截然不同的。

很多成功者不但事业有成，而且把家庭生活经营得很好，不但家庭和睦，而且与爱人感情深厚。对于这样占尽天时地利人和的人生宠儿，也许有些朋友会感到愤愤不平，他们不知道为何那些成功者总是能得到命运的青睐，总是能够顺心如意。其实，朋友们，这样的看法是错误的。成功者并非因为得到命运的青睐才能顺风顺水，而是因为他们在战胜挫折的过程中越挫越勇，所以最终才能最大限度地把握人生、主宰人生。

当然，人生不仅需要百米冲刺的爆发力，更需要跑完马拉松的毅力和韧性。人生不是百米冲刺，而是一场地地道道的马拉松。人生路上，有些人虽然能够获得昙花一现的成功，当时的确很辉煌，也惹人羡慕，而最终却会因为缺乏坚持，导致人生突然急转直下。当然，这种情况之所以出现，原因是多种多样的，但是究其根本，我们不难发现，只有经历过挫折的人，他的成功才会变得更加坚实，他才能尽量避免人生的跌宕起伏。

关于挫折，成功者认为，挫折不仅是毁灭性的打击，也是人重生的机

会。尽管遭遇挫折的时候我们发自内心地感到痛苦,但是,当我们最终超越挫折时,我们的心就会变得更加坚强,我们的人生也会变得更为丰盈厚重。而且,就像人的身体在打完疫苗后会产生免疫力一样,经历过挫折的人也会具备对人生的免疫力,因而总是能够坦然面对人生的诸多情况,从而更有可能获得成功。所以我们说,没有经历过挫折而得到的成功总是不够坚实,唯有经过挫折的历练和捶打,成功才会更加可靠和长久。

1910年,松下幸之助进入大阪电灯公司,成为一名默默无闻的学徒工。他因为小时候家境贫困,并没有接受过系统的教育,由此可以想象电器公司的工作对于他而言难度有多大。但是,松下努力克服一切困难,凭借着出色的工作表现,赢得了上司的认可和赏识。直到他觉得自己获得了成长,也积累了经验,能够独当一面的时候,他决定离开公司,独自创业。

松下创业时恰逢第一次世界大战,通货膨胀非常严重,因此松下手里不足一百日元的存款根本不足以创业,很多人劝说松下不要冒险。但是,松下主意已定,他从未放弃成立公司的梦想,并最终成功创办了公司。然而,经济形势的确不好,他的产品根本没有销路,员工们也因为不看好公司的前景而相继离开公司,松下为此忧心忡忡。然而,发愁归发愁,松下毫不放弃希望,而是把这次危机当成是命运对自己的挑战,他决定坚定不移地迎战。然而,打击接踵而来,正当他带领公司度过危机时,1945年,日本宣布战败,松下的公司被定义为财阀,他为此无数次去找美军司令部交涉,从未放弃。不得不说,松下的一生是跌宕起伏的一生,是饱经磨难的一生。他最终成为"经营之神",就是因为他在逆境中从不放弃希望,所以他的挫折也为他的成功加分,使他的成功变得无比坚实。

和松下创业的困难相比,大多数人遭受的磨难都不值一提,当然,大多数人的表现也不值一提。也许有的朋友会说,因为我们遭遇的磨难小,所以我们没有出色的表现。其实不然。我们只有勇敢地面对人生,在人生的磨难面前表现出自身的实力，才能更加勇敢地面对人生，发挥自己的潜力，成就人生。

朋友们，从现在开始，再也不要把挫折与磨难看成是人生的绊脚石了，我们唯有正确对待挫折和磨难，并坚定勇敢地面对人生，才能成功提升和完善自己，获得属于自己的成功。要知道，挫折并不可怕，有了挫折的沉淀，我们的成功才不会轻飘飘的，才会更加厚重坚实，我们的人生才会更加精彩、辉煌。

第05章
别被挫折吓倒，成功之路就是不断重来

战胜挫折与黑暗，你的人生会一片光明

人在生活中遭遇挫折，就像大自然会刮风下雨一样，是任谁都无法逃避的事情。有的人遇到风雨，很轻易就被击垮了；遇到挫折，很容易就被征服了；遇到困难，很容易就被吓倒了，人生也因此变得昏暗了。而有的人，在接受了风雨的洗礼，经历了挫折的磨炼，战胜了困难的挑战之后，人生迎来了一片光明。

挫折既是我们成功路上的挑战，也是命运给我们的恩赐，面对挫折，最好的应对方法便是坦然面对，珍惜这些能让自己得到历练的机会，把挫折视为人生路上前进的动力。尤其是对刚步入社会的年轻人来说，更要学会积极地面对挫折。只有认识到挫折对人生的重要意义，勇敢地、积极地面对挫折，我们才能在挫折中不断磨炼自己，开掘生命的金矿，变得更加自信、诚实、勇敢，从而找到人生的方向。

我们心里充满阳光，那么我们看到的世界也是充满阳光的；心里住着魔鬼，遇到的也会是魔鬼。每个人在一生中，都难免遇到困难和挫折，对此，作为年轻人，决不能选择逃避或被打倒，而应用一种积极、乐观的心态来面对，并采取恰当的方法来克服挫折，最后用理智、客观的态度分析产生挫折的原因。

不经历风雨是看不见彩虹的。人生也是这样，人只有经过挫折的锤炼，才会珍惜收获，才能品味出幸福生活的真正含义。

没有爬不上去的高山，也没有蹚不过去的河流，就像人生没有过不去的坎一样，只要你勇敢面对，积极想办法解决，并不断在失败中获得经验，总有一天你会走出风雨和黑暗，遇见彩虹、拥抱阳光。感谢挫折，生活因此而丰

富，人生的体验因此而深刻，生命也因此而更趋于完美。

没有谁的人生是一帆风顺的，不管是谁都难免会有失误和烦恼，会遇到挫折，只有当我们经历挫折的时候，我们才能学着成长，只有在挫折中才能磨炼我们的意志，我们要以积极乐观的态度面对挫折，把挫折当成是一笔财富，勇敢地正视它。

第05章
别被挫折吓倒，成功之路就是不断重来

没有过不去的坎，只有过不去坎的人

任何一个人的人生都不可能是一帆风顺的，谁都难免要经历一些挫折、坎坷、失败……这些都不可怕，最可怕的是失去生活的信念和希望。人生的胜利不在于一时的得失，而在于是否能跨越诸多坎坷，成为最后的胜者。

生活中，我们会遇到很多让我们始料不及的事情，这些可能是好事，但大多数都是让我们措手不及、不敢接的烫手山芋。但是要记住再烫手的山芋也有冷掉的时候，再大的坎儿，只要我们坚定一点，也就过去了。很多事情不是我们不能做、做不了，而是我们不愿做、不敢做。

小丽和小新还有小杨是在一个大院长大的，三个人都很喜欢唱歌，并立志以后要成为伟大的歌唱家。他们6岁那年，省城的一个很著名的歌唱家到他们学校选唱歌的好苗子，他们三个人因为声音条件好，顺利被选上，去了省城的艺术学校接受系统的训练。

到艺术学校的新鲜劲儿刚过，他们就和其他被选拔出的孩子一起开始了正式的训练，每天晨功、发声练习……根本停不下来，很快三个小孩就发现，想唱好一首歌并没有自己想象中那么容易，光是练好基本功就得花上好几年，但毕竟都还是孩子，即使是累，哭哭笑笑很快也就过去了。就这样，好几年过去了，三个人已经15岁了，除了日渐繁重的音乐练习，还有越来越多的课业压着他们，再加上现在三人处于变声期，任何辣的、腥的，只要是会刺激嗓子的东西都不能吃，这对正在发育期的孩子来说，简直太难了。小丽就是在这个时候，开始怀疑这条路会不会有结果，一旦对自己的选择有了怀疑，练习的时候也就没有以前认真了，终于有一天，小丽实在受不了巨大的压力，赌气不去练

习，逃出学校，示威一般吃了以前一直不敢吃的很辣的路边摊。有了第一次，就有第二次，小丽越是走到学校外边，越是受蛊惑了一般觉得学习音乐是很没有前途的事。

小新和小杨当然会有同样的困惑，但是他们想到自己坚持了这么多年，到最后一刻放弃了，实在不值得，于是互相鼓励，要一起度过这段很难熬的瓶颈期。年底的时候，老师觉得时机已经成熟，想让他们进录音室录歌先在网上发表，看看网友的反应。小新和小杨的录制很顺利，小新的低沉嗓音和小杨的薄荷音一发到网上就受到了许多网友的追捧，两人付出了这么多年，终于有了收获。但是小丽就不那么顺利了，因为不忌吃，她的嗓子受到了严重的影响，虽然正常说话没什么问题，但是要做唱歌这么费嗓子的事情已经非常吃力了，最后她在离梦想仅有一步之遥的时候被关在了门外。

谁的人生不会遇到坎坷呢？谁又不会遇上诱惑呢？关键是我们怎样对待这些坎坷与诱惑，要是咬咬牙，坚持自己，那么再大的坎也能挺过去，反之，如果消极怠惰，被它们牵着鼻子走，那就注定被它们挡住前进的步伐，就像故事中的小丽一样，令人惋惜。

年轻的朋友们，请记住，我们拥有最好的身体、最好的激情，所以千万不要被所谓的困难和挫折打倒。人生没有过不去的坎，只有过不去坎的人。坚定信心，迈过这道坎，你将会看到这个世界有多美丽、多开阔。

很多时候，其实都是我们自己把事情想得太可怕、太复杂了，等你真的摆正心态，坚定信心，把这道坎迈过去的时候，你会发现这并没有什么了不起。人生没有过不去的坎，只有跨不过去的心理障碍，只要你能咬咬牙，突破心里的难关，跨过低潮，前方就是一片坦途。

第05章
别被挫折吓倒，成功之路就是不断重来

谁都不会随随便便成功

有人说，人生是一次长途跋涉，旅途中常常有曲折和险阻。只希望走一帆风顺的路而不想转弯的人，恐怕难以登上人生的制高点，因为谁的成功都不会手到擒来。在生活中的你也会遇到一些难题，此时，你难免会产生一些焦躁的情绪，但焦躁对于事情的解决毫无帮助，你只有静下心来，才能冷静地思考解决的方法。因此，无论发生什么，你都要记住，一定要有个好心态，不到最后一刻坚决不要放弃。

美国影视演员克里斯托弗·里夫因在电影《超人》中扮演超人而家喻户晓，但谁也没想到的是，他却遭遇了一场从天而降的大祸。

1995年5月27日，里夫参加了弗吉尼亚的一个马术比赛，谁知比赛中发生了意外事故，里夫头部着地，第一及第二颈椎全部折断。经过长达五天的治疗，昏迷中的里夫终于醒过来了，不过医生说，他也不能确定里夫能不能活着离开手术室。

在那段时间里，里夫的人生陷入谷底，他甚至好几次想到了轻生。后来，他出院了，他的家人为了能让他的心情好点，便用轮椅推着他出门旅行。

有一次，他的家人开车带他出门游玩，当车开到一路盘旋的盘山公路上时，他望着窗外，望得出神，似乎想到了什么。他发现，每当车开到道路尽头的时候，路边就会出现一块交通警示牌："前方转弯！"或"注意！急转弯"，这些警示文字赫然出现在他的眼前。然而，只要车开过了弯道，前面就会出现豁然开朗的风景。突然，"前方转弯"这几个大字好像刻在了他的心里，也给了他当头一棒，原来，路不是到了尽头，只是该转弯了。他幡然醒

悟，于是，他对家人大喊一声："我要回去，我还有路要走。"

从此以后，他完全改变了以往颓废的生活状态，他以轮椅代步，当起了导演，他第一部执导的影片就荣获了金球奖；他尝试着用嘴咬着笔写字，他的第一部书《依然是我》一问世就进入了畅销书排行榜。与此同时，他创立了瘫痪病人教育资源中心，并当选为全身瘫痪协会理事长。他还四处奔走，举办演唱会，为残障人的福利事业筹募善款，成了一个著名的社会活动家。

最近，美国《时代》周刊报道了克里斯托弗·里夫的事迹。

在这篇文章中，他回顾自己的心路历程时说："以前，我一直以为自己只能做一位演员；没想到今生我还能做导演、当作家，并成了一名慈善大使。原来，不幸降临的时候，并不是路已到了尽头，而是在提醒你：你该转弯了。"

一次偶然的事件，让原本几乎绝望的克里斯托弗·里夫重新选择了一条人生的路。在这条路上，他同样取得了成功甚至创造了辉煌。

生活中的你，在追求梦想的过程中，可能也会遇到困难，可能你也会选择放弃，但是，请想一下，如果选择了真正的绝望，向所谓的命运妥协了，你就真的彻底失败了；而如果你选择另外一种心态，那么，只要你没有丧失思考的能力，你就有可能绝处逢生。

然而，失败的人们，主要是心态有问题。遇到困难，他们总是挑选容易的路，并对自己说："我不行了，我还是退缩吧。"结果他们陷入了失败的深渊。成功者遇到困难，能心平气和，并告诉自己"我要！我能！""一定有办法"。当然，这还需要我们培养自己的耐力，坦然面对任何困难。

日本著名企业家松下幸之助就是个在困难面前不言败的人，正是这一点，使他成为日本乃至世界商业巨贾。

在谈到商业经营时，他提到了如何面对商业不景气的问题，他认为，景气和不景气都是一个过程，从景气到不景气，再到景气，这是经济发展的客观规律。当不景气来临时，更考验了管理者的胆识、能力和勇气，他说："利用不景气打天下，当大家在不景气下一筹莫展时，你仍有开拓事业的勇气和能力，那么在不景气消散之后，就是你的天下了。"松下幸之助正是在创业初期利用不景气进行负债经营，添置设备，在度过困境后才有了更大的发展。

当然，要突破困境，绝对不能消极等待，而要在等待中积极寻找突破口，创造条件去克服困难，从而实现从"山重水复疑无路"到"柳暗花明又一村"。

事实上，人们驾驭生活的能力，是从困境生活中磨砺出来的。和世间任何事一样，苦难也具有两面性。一方面它是障碍，要排除它必须花费很多的力量和时间；另一方面它又是一种肥料，在解决它的过程中能够使人更好地锻炼提升。

库雷曾说："许多人的失败都可以归咎于缺乏百折不挠、永不放弃的战斗精神。"的确，我们发现，一些人或满腹经纶、或能力超群，但他们却同时拥有一个致命的弱点，那就是缺乏抗打击的能力，往往一遇到微不足道的困难与阻力，就立刻裹足不前，没有韧性，遇硬就回、遇难就退、遇险就逃。因此，终其一生，他们只能从事一些平庸的工作。一个人跌倒并不可怕，可怕的是跌倒之后爬不起来，尤其是在多次跌倒以后失去了继续前进的信心和勇气。不管经历多少不幸和挫折，你的内心依然要火热、镇定和自信，以屡败屡战和永不放弃的精神去应对挫折和困境。这样，你才会不断强大起来。

始终不放弃，总会看到希望

托马斯·爱迪生曾说："人们最大的弱点在于放弃，成功的必然之路就是不断地重来一次。"面对人生，无论环境多么恶劣，生活多么艰辛，如果你放弃了努力和奋斗，情愿放弃希望，那么失败是肯定的。但如果你不甘心放弃，心里始终相信还有未来，那么你将会有无穷无尽的力量帮助自己克服每一个困难。有时候，失败者的聪明才智并非不如成功者，他们只是缺少了一丝希望。

李安的父亲李升曾是中学的校长，他对自己的两个儿子抱有厚望，希望他们能够学业有成。然而天不遂人愿，他的两个儿子在学业上都不能让他满意，大儿子李安大学联考两度落榜，小儿子李岗在落榜一次后，第二年考上了海洋学院航海系。因此，在正式场合，李校长绝口不提两个"不争气"的儿子。

李安第二次落榜后，每日闷在家里，父亲痛骂他不争气，而他总是默不吭声，家里更是愁云惨淡。家中曾有一位长辈问李安，有没有想过将来的出路。李安满怀希望地说，自己要成为一名著名的导演。家人都觉得这是一个笑话，在李家，导演根本不是什么正经职业，大家都只当李安是在开玩笑。1978年，李安做了充足的准备，想要报考美国伊利诺伊大学的戏剧电影系，李父强烈反对，他告诉李安："在美国百老汇，每年只有二百个角色，却有五万人争夺，你走的这条路根本不会有好结果，还不如去上一个职高，出来谋一份银行的稳妥工作。"李安不顾父亲的劝阻，执意登上了去美国的航班，父子关系从此恶化。

第05章
别被挫折吓倒，成功之路就是不断重来

几年后从电影学院毕业，李安才明白了父亲的苦心。在美国电影界，一个没有任何背景的华人要想混出名堂来，谈何容易！李安大多数时候只能帮忙看看器材，做点剪辑助理、剧务之类的杂事；他曾经拿着剧本，两个星期跑了三十多家公司，一次次面对白眼和拒绝；有投资人要求他反复修改剧本，但改完数十次以后，剧本最终还是石沉大海。

在好莱坞遇挫时，李安曾蛰伏六年做"家庭主夫"，靠在伊利诺伊大学攻读生物学博士的妻子微薄的薪水度日，在此期间，他们的两个儿子相继出生。李安在家包揽了所有家务，买菜、做饭、带孩子……每天傍晚做完晚饭，他就和儿子一起兴奋地等待"英勇的猎人妈妈带着猎物回家"。

面对现实的窘迫，李安一度想要放弃电影，委曲求全改学计算机。妻子林惠嘉察觉到他的消沉，一夜沉默之后，在上班前给李安留下一句话："安，不要忘记你的梦想。"妻子的这句话，给李安点亮了希望之灯，他继续坚持写剧本，在好莱坞闯荡。希望终于来临了，1990年，李安因剧本《推手》获得了一笔可观的奖金，影片在1992年获得了金马奖的多个奖项。之后他又陆续导演了《喜宴》《饮食男女》等影片，获得了柏林电影节金熊奖、西雅图电影节最佳导演等奖项，他的梦想终于实现了。

人的一生就像是一场旅行，通往成功的路并不平坦，沿途中有无数泥泞和荆棘，但也会有无数看不完的美好风景。如果你因为不断地失败而放弃了希望，失去了斗志，那你的人生轨迹也将会黯淡无光，看不到前路的方向。但如果你有能够承担失败的勇气，并具备不断尝试的精神，那么你离成功可能仅有一步之遥了。

正所谓人无完人，人生在世，难免经历失败和挫折，纵观古今，每一个成功的人都经历了常人难以忍受的磨难，但正是因为他们经历了磨难，才能在绝望中窥见希望，坚定自己的意志，战胜了一切问题，从而取得了成功。对他们来说，磨难并不是坏事，反而是对他们的一种磨炼，通过这种磨炼，他们能

够看得更远，走得更稳，真正做到让希望长存心中。

面对困难不要绝望，不要放弃，相信自己，正视逆境，只要你为理想付出了努力，生活就会给予你平等的回报。任何的成功，都是从小事一点一滴积累而来，没有什么事情是你做不到的，关键就看你能不能坚持不放弃，困难从来都不是成功的障碍，给自己勇气，战胜它，你将看到人生最美的风景。

在痛苦和磨难之中让自己华丽蜕变

人人都喜欢璀璨夺目的珍珠，也希望自己的人生如同珍珠一样光芒四射。如果给你一个选择，让你选自己是成为沙子还是成为珍珠，相信你一定会毫不犹豫地选择后者。的确，沙子很普通，随处可见，而且并没有太高的价值，而珍珠却与沙子截然不同，珍珠圆润光滑，散发着光泽，且价值昂贵，所以我们完全有理由相信每一个人都愿意成为珍珠。但是现实生活中真正能够成为珍珠的沙子却少之又少。这是因为要想从一粒沙子变成珍珠，必须要经历漫长的过程，也要经历很多磨难。

每一粒沙子在变成珍珠之前，都要在珠母的分泌物中忍受漫长的无边无际的黑暗。在珠母的分泌物中，沙子不断受到侵蚀，却要始终坚强隐忍，忍受痛苦和孤独。越是价值昂贵的珍珠，越是要经历更长时间的孕育。对于人而言，同样如此，一个人从平凡普通到璀璨夺目，也必然要经历无数的挫折和磨难，也要拥有顽强的毅力和坚定不移的决心。所以朋友们，不要再羡慕珍珠的璀璨夺目，也不要羡慕成功人士身上的光环。唯有做好准备，迎接磨难，你们才能真正迈出从沙子到珍珠的第一步。

很久以前，有一粒沙子在沙滩上生活。它每天都能享受阳光的照射和海水温柔的抚摸，但是它也要承受被无数的游人不断践踏的痛苦。它经常感到不甘心，它觉得自己的人生应该有别样的面貌，而不是永远只是一粒普通的沙子。

一天，一对年轻的情侣坐在沙子身边交谈。漂亮的女孩儿戴着璀璨夺目的珍珠项链，男孩突然问女孩："你知道珍珠是如何孕育出来的吗？"女孩摇摇头，说："不知道。"男孩告诉女孩："珍珠就是由我们现在踩着的沙子孕育出来的。如果一粒沙子能够进入河蚌的身体里，那么在河蚌分泌物的包裹下，经历漫长的时间之后，这粒沙子就会变成璀璨夺目的珍珠。"那粒心有不甘的沙子恰巧听到了这段对话，它似乎看到了人生的希望，变得兴奋不已。它当即决定：只要有机会，就一定要进入河蚌的身体，这样才可能变成一颗光华夺目的珍珠。

得知这粒沙子的梦想之后，其他沙粒纷纷劝说它不要这么疯狂。沙粒们对这粒沙子说："进入河蚌的身体之后，你再也见不到阳光，无法被雨水滋润，你甚至看不到皎洁的月亮，也呼吸不到新鲜的空气。而且，这可不是一个短暂的过程，至少要经历几年的时间，你难道不觉得这是自杀一样的疯狂行为吗？"那粒沙子从未改变自己的想法，终于有一天，它被一个游泳的人带入了河底，遇到了河蚌。趁着河蚌张开嘴的机会，它顺着水流进入了河蚌的身体。若干年过去了，河蚌打开身体，沙子惊讶地发现自己已经从一粒普通的白沙变成了一颗价值连城、晶莹剔透的珍珠。当年那些曾经笑话它太疯狂的沙子，有的依然安静地躺在沙滩上，在游人的踩踏下生活，有的却已经化为尘土，消失得无影无踪了。

知道沙子变成珍珠的漫长过程后，你还想从沙子变成珍珠吗？如果想要完成蜕变，你就要让自己的心灵变得强大，要对自己高标准严要求，不断地超越和挑战自己，从而才能在痛苦和磨难之中让自己华丽蜕变，凤凰涅槃。

第06章
拥有强大的内心,才能保持试错的勇气

找到你的优点和自信,并不断将其放大

有一件小事至今令我印象深刻:大一刚刚入学的时候,班里的同学都争先恐后地加入学校的各种社团。只有一位同学,什么社团都没有参加。当我们的辅导员王老师了解到相关情况以后,找她谈心。那位同学羞愧地说道:"我觉得自己没有任何特长,报名参加那些社团肯定也不会被选上,所以我什么团都没有报。""怎么会呢?你能考上我们这所大学就说明你有一定的文化功底呀!"王老师安慰道,并准备通过询问她的兴趣爱好为她安排进一个社团。

"你精通数学吗?"王老师试探性地问道。同学轻轻地摇了摇头。

"那你美术怎么样?"同学还是不好意思地摇了摇头。

"那你唱歌跳舞怎么样?"王老师又问道。同学窘迫地低下了头。

面对王老师的接连发问,同学都只能摇头以对,一时间办公室中弥漫着尴尬的味道。"那你先把名字和学号留下来吧,我再帮你留意一下。"王老师笑着说道。同学羞愧地写下自己的名字和学号,急忙转身就要走,却被王老师一把拉住:"同学,你的字写得很漂亮啊,这就是你的优点啊,你擅长写字,可以到任何一个社团里面书写板报啊,这可是一个别人不可求的优点。你要好好挑选,不要只是随便糊弄一下哦。""把名字写好,字写得好也算是一个优点吗?"同学欣喜地问道。"当然算啊,同学,你最大的问题其实不是没有优点,只要是人,就都会有自己的优点和缺点,你最大的问题是没有自信,没有一双发现自己优点的眼睛。"王老师笑着说道:"你好好想想,你能把字写好,就意味着你能写出漂亮的板报,就能参与设计,就能尝试写好文章……"听到王老师鼓励的话语,同学一下子消除了自卑,眼前的困境迎刃而解。

第06章
拥有强大的内心，才能保持试错的勇气

一个月以后，这位同学果然已经成了学校社团中的优秀分子。两年以后，她更是积极参与竞选，成为学院新一任的学生会主席。

其实这只是我们平时生活中每个人都有可能遇到的一件小事，但它告诉我们一个不容忽视的真理：很多时候，我们的成功都来自我们的自信，源自我们能够找出自身的优点，并努力地将其放大，放大到超越自己并优于他人。很多时候，我们总是会听到别人说起自己的缺点，并为这些缺点立下"宏伟"的改正计划。殊不知，只要转变思想，不要紧盯我们自身的缺点，而是放大我们的优点，或许，我们就会有不一样的收获。毕竟，我们的优缺点都是长年累月贴合自身秉性而形成的个人特质，想要通过后期短时间的计划彻底改变自己的过往本就是一件很难的事情。因此，我们不如将大部分的时间与精力用于发现自己的优点，放大自己的优点，让自己感受到越来越多的正能量，最终必定会达到事半功倍的效果。

亲爱的朋友，人生路上，在实现目标之前，我们都要走一段蜿蜒漫长的路。而当走到半途的时候其实是最困难、最容易放弃、最需要继续加油的时候，因为这时的我们已经付出了很多，却还没看到尽头。此时，一旦放弃，便会将以往的努力浪费。只有不断鼓励自我，放大自己的优点，忽略过程中的缺点，沉住气，踏踏实实地走好当下的每一步，才不会让自己迷失在这困顿之中。亲爱的朋友，请你相信：人生的掌声出于这样那样的原因，有可能会来得很晚，但只要我们充满自信地等待，永不放弃，终有一日，它会来到我们的身边。

国内外多个机构的研究表明：不自信通常是造成我们人生失败的重要因素之一。很多时候，我们都会深受恐惧、不自信等消极心理的影响，造成失败的被动局面，掉入越做越错、越错越不自信的怪圈。这时，只要我们能够及时发现自己失衡的心理状态，努力调整自己，积极向上，鼓足勇气超越自己、克服内心的恐惧和害怕，最终就能够赢回自信，打一场漂亮的翻身仗。因此，亲爱的朋友，当你缺乏自信的时候，请告诉自己：这是一种来自内心的恐惧，而

当你选择害怕的时候，其实已经输了你的人生。所以，鼓起勇气，与内心那个胆小的自己作斗争；放下面子，曾经的失败并没有你想象中的那么严重；保持笑容，微笑是你面对一切最强大的傍身武器。只要你勇敢尝试一次并取得成功以后，你就会发现：一切其实很简单。

第06章
拥有强大的内心，才能保持试错的勇气

始终树立积极的意识，才能激发内心的力量

生活中，相信我们每个人都有自己的理想，这种理想决定着我们努力的方向。但要想将理想化为现实，我们还必须有必胜的信念，相信自己能做到，然后潜意识才会接收我们的指令，而后将之实现。

因此，每一个渴望成功的人都应该明白，只有激发心理力量，敢于尝试，有积极的意识，才能产生奋斗的激情，才能去完善和超越，去增添勇气、创造奇迹。不行动，一切都不会实现。

其实，无论是企业经营还是开展新的事业或开发新产品，很多人思考后的结果很可能是退缩：恐怕不行吧？恐怕做不好吧？但是，如果一味地顺从这个"常识性"判断，那么原本可以做的也变得不能做了。如果想真正做一件事情，那么首先要有的是坚定的信心和强烈的愿望，两者缺一不可。

事实上，许多人在潜意识的激励下勤奋工作，就会逐步成长为独当一面的高端人才，毕竟人有70%的潜能是沉睡的。因此，我们也不难得出一点，如果我们想要获得成功，他人的激励是一个方面，而最重要的是我们要激发自己的心理力量。这样，你才能获得自信，你才能始终拥有向上的热情和奋斗的激情，你才能最终看到成功的曙光。心理学家告诉我们："支撑一个人追寻理想的动力往往是自信。"自信是成功的助燃剂，一个人自信多一分，成功就多一分。信心能使人们具备顽强的意志力，并可能会使一件事"起死回生"。

然而，要获得自信，就要改变潜意识让积极的潜意识为自己服务。可惜的是，很多人终其一生，都忽略了或者很少发挥潜意识的作用，就连爱因斯坦、爱迪生这样的天才人物，一生中也不过运用了他们不到10%的智慧。因

此，如果你希望自己能够得到重用，如果你希望自己成为一个成功的人，如果你不甘于平庸，就一定要从内心决定做第一。这样你才会有信心做到完美，你的个性也才会真正成熟起来。相反，不想做得更好，就会做得更差。如果你自甘沉沦、不追求卓越、懒得提高自己能力，那么，你是不会有所进步的。

当然，在人生路上，你不可避免地会遭遇困难和挫折，如果面对这些能够从容不迫、沉着冷静，那么在以后的人生道路上就没有什么可以阻止你了。

生活中的人们，无论任何时候，都要相信自己，大胆地做你害怕的事，现在就去做吧！只要你可以记住以下两点。

1.鼓励自己，给自己打气

任何时候，都要自己给自己打气，确信自己的看法并在心中默念：我想我可以，我可以坚持下去。冲破一切艰难，不要让你的目标消失在你的信念里，一直给自己打气，把眼前的事情一件一件地做好，那么，你就能一直以良好的状态追求目标。

2.以积极的心态迎接挑战与困难

一个人如果拥有积极的昂扬向上的精神状态，那么他即使身处逆境，也不会感到绝望，更不会放弃，反而能够坦然面对困难，并积极寻找解决问题的办法。其实，人生中的许多事，只要想做，并坚信自己能成功，那么你就已经成功了一半。如果你毫无自信，优柔寡断，不敢超越环境和自我，那么你的生活就会一直黯淡无光。越是期待奇迹来挽救自己的人，越是不会创造奇迹，生活中美好的事物历来只和敢于正视现实、迎接挑战、信心满怀的人结伴同行。

第06章
拥有强大的内心，才能保持试错的勇气

练就一颗强大心脏，才能挖掘内在激情和潜能

人生在世，我们任何人都免不了遇到压力、痛苦、挫折乃至悲惨遭遇，面对这些，一些人会常常抱怨，会逃避。其实，这些带给我们的不仅仅是痛苦和沉重，还能帮助我们打造一颗强大的心脏，更能激发我们的潜能和内在激情，让我们的潜能得以开发。

的确，面对人生逆境，如果我们紧盯着消极的一面，不为自己的心理减负的话，我们的眼里就会充满苦难，就会发现脚下的路有沟有坎，一点都不平坦，于是就举步不前，停留在那块平地上，结果自然是一事无成。相反地，如果能换个角度看待现状，无论遇到什么样的压力和困难，都始终向前看，你看到的就是一条路，顺着路走下去，你就会发现路越来越宽，景色越来越美。

在美国运动史上，有个女跳水运动员，在1967年的一次比赛中，她身负重伤，全身瘫痪，动弹不得，无奈，她不得不告别她的运动生涯，这让她无法接受，几乎到了绝望的境地。然而，痛苦之后，她开始冷静思考自己的人生价值。她突然明白：我是一名跳水运动员，身体残疾，让我无法再参加跳水运动，但生命的意义不只是跳水运动，为什么不能在其他道路上奋斗呢？

然后，她想到了读书时代的她曾热爱画画。于是，在调养了一段时间后，她重新拿起画笔，手不行的话，就用嘴，她逐渐学会了怎样用嘴画画。练习的过程是痛苦的，有时候，她累得连画纸都被汗水浸湿了，整个人也累得头晕眼花。这一练就是很多年，付出也总是有回报的，她的油画在一次展览上得到了绘画界的认可。

而后，一次机缘，让她又转战文学界。

当时，她在绘画界获得名气后，有一家刊物向她约稿，希望她能将自己练习绘画的经历写下来。然而，即便是很认真地写，她依然没写成功，这件事让她感悟颇深，她决定要认真练习，提升写作水平。

这一练又是很多年，最终，她成功了。她出版了自己的自传，轰动了文坛，收到了数以万计的粉丝热情洋溢的信。

两年后，她的《再前进一步》一书问世了，这本书给了很多残疾人精神上的鼓舞，告诉大家要身残志不残，她成了千千万万青年永不服输、自强不息的精神楷模。

她就是乔妮·埃里克森。

人生就是如此。在你的生命过程中，不论是在爱情、事业还是学习中，你勇往直前，到后来竟然发现那是一条绝路，没法走下去了，山穷水尽悲哀失落的心境难免产生。此时不妨往旁边或回头看看，也许有其他的道路！虽然身体在重压下，但是心还可以畅游太空，体会宽广深远的人生境界，你就不会觉得自己穷途末路了。

的确，在人生道路上，困难和挫折是难免的，尤其是希望有一番成就的人们，更要有心理准备，人生会起起伏伏，我们无法预料，但是有一点我们一定要牢牢记住：我们要打造摔不碎、击不垮的强大心脏。当你遇到逆境时，千万不要忧郁沮丧，无论发生什么事情，无论你有多么痛苦，都不要整天沉溺于其中无法自拔，不要让痛苦占据你的心灵。困难来临时，我们要有勇气直面困难并且做到一直向好的方向行进，这才是一种努力达到和谐的状态，也只有这样才能战胜困难。

实际上，上天对我们每个人都是公平的，为什么有些人能攫取成功的果实，有些人却只能甘于平庸？其中一个很大的原因就在于他们是否有走出困境的毅力。命运在为我们创造机会的同时，也为我们制造了不少"麻烦"。如果你在"麻烦"面前倒下了，那么你也就失去了成功的机会；如果你经过挫折、失败的锤炼后变得更加坚强，那么你就是真正的强者。不甘于平庸，不想成为失败者，那你就要有勇气面对困境和压力，而不是懈怠和逃避。

人生最大的悲剧是悲观失望

在生活中，我们会发现，似乎总有这样一些人，他们总认为自己不开心，在他们看来："我好像被命运欺骗了，既得不到它所承诺的生活，又失去了那些对我而言最珍贵的东西——时间、青春，以及巨大的精力。"这些愁怨在他们心中郁结着，他们甚至已经不记得自己多久没有开怀地笑过了。

那么，这些人为什么认为自己不快乐呢？其实，这是因为他们对自己进行了负面的暗示。潜意识是只会执行而不会筛选的执行机器，如果你反复暗示它，你是不快乐的，那么，你就难以微笑出来。

人生短短数十载，困难和挫折都在所难免，这些都不足以被称为悲剧，最大的悲剧是悲观失望，要知道，每个人都不能预知未来，但我们可以以一颗坦然的心面对。只要做到积极乐观、永不绝望，就一定能度过逆境。

所以，我们每一个人，都应该学会在日常生活中培养自己乐观的精神，都要对自己进行积极的暗示，无论遇到什么事，都不要忧郁沮丧，无论你有多么痛苦，都不要整天沉溺于其中无法自拔，不要让痛苦占据你的心灵。

有这样一个女人，她是单位同事眼中最"幸福"的女人，她的幸福，并不是因为她漂亮、物质生活充足，而是她脸上永远散发着令人舒心的笑容。刚结婚那年，她身上就发生了一件不幸的事——车祸。因为出车祸，她落下了腿部的残疾。但任何一个同事，只要坐在她的身边就会有一种非常舒服的感觉，因为你会被她的那种温和、乐观的情绪所感染。

残疾对于一个女人来说已经非常不幸了，两个人所组成的家庭里如果有一部分不完整，生活中的风风雨雨就可能会"乘虚而入"，但是她的家却是幸福和温馨的。她和丈夫之间的感情很好，他们的生活非常快乐。而这一切都是因为她的心态是平和的，她的人格是独立的。她从来不把自己看作是一个残疾人，也不会给丈夫增添更多的心理压力。当丈夫处于事业上的瓶颈期时，她用她乐观的态度鼓励丈夫重整旗鼓，她也因此获得了更多来自丈夫的关怀与爱护，这比自己强迫来的要真实和自然得多，也更踏实。

故事中的这个女人，即使残疾，她也选择了一个可以让自己快乐、幸福的人生态度——乐观。有本书上说过："思想，能令天堂变地狱，地狱变天堂。"其实生活得快乐或是悲伤的选择权就在你手中。相信自己能做个乐观的、爱笑的人，你就能快乐。

有人说，这世界上存在两种人，划分的标准就是他们对待事物的态度，一种是乐观的人，另一种是悲观的人。乐观者，他们的脸上总是挂着微笑，似乎没有事情能难倒他们，因此，他们生活得幸福、坦然；而悲观的人，他们似乎总是把眼光盯在事物坏的一面，于是，他们总是感到低迷，整日郁郁寡欢。有句话说得好："乐观者在灾祸中看到机会，悲观者在机会中看到灾祸。"微笑看待人生，好运就不会远离。

的确，乐观就像心灵的一片沃土，为人类所有的美德提供丰富的养分，使它们健康地成长。有一位虔诚的作家，在被人问到该如何抵抗诱惑时回答说："首先，要有乐观的态度；其次，要有乐观的态度；最后，还是要有乐观的态度。"

用乐观的态度对待人生就要微笑着对待生活，微笑是乐观击败悲观的最有力武器。无论命运给了我们怎样的"礼物"，都不要忘记用自己的微笑看待一切。微笑着，生命才能将利于自己的局面一点点打开。在饱受约束的现实生活中，要让心灵快乐地飞翔。微笑还应该是一种境界，苏轼《题西林壁》云："横看成岭侧成峰，远近高低各不同。不识庐山真面目，只缘身在此山中。"看似浅显，其实饱含生活哲理。人人都要面对红尘命运中的各种磨难和悲伤，身在其中，心思却能够跳脱其外，以那种怀禅的释然、纳海的胸襟、平和的意绪，坦诚面向过往未来一切莫测的事变，这样的人都是真正乐观的。

不得不说，任何一个人，他的生活快乐与否，完全取决于个人对人、事、物的看法，而这样的看法又会传输给潜意识，从而决定了其行为和生活状态，因为，行为是由思想决定的。如果我们想的都是欢乐的念头，我们就能欢乐；如果我们想的都是悲伤的事情，我们就会悲伤。的确，人生在世，快乐地活着是一生，忧郁地活着也是一生，选择快乐还是忧郁，这完全取决于做人的心态。正确的做法就是不断地培养自己乐观的心态，远离悲观，乐观既是一种生活艺术，又是一种养生之道。

生活中的人们，在生活中，你也可能遇到某些困难，遇到某些不顺心的事，你也可能会因此变得沮丧。其实，你应该告诉自己，困境是另一种希望的开始，它往往预示着明天的好运气。因此，你只要放松自己，告诉自己希望是无所不在的，再大的困难也会变得渺小。

所以，总的来说，我们必须学会历练自己，学会自我调节，学会对自己进行积极的暗示。这样，在未来荆棘密布的人生道路上，无论命运把你抛向任何险恶的境地，你都能做到积极、快乐地生活！

第06章
拥有强大的内心，才能保持试错的勇气

失败不可怕，可怕的是放弃努力

这个世界上，没有十全十美的人，也没有绝对完美的人生。每个人在漫长的人生旅途中，都会遭遇各种各样的坎坷和挫折，还会被失败磨砺。然而，真正的强者敢于直面失败的人生，他们知道陷于泥泞是人生的常态，而顺心如意的人生根本不存在。相比之下，弱者则往往因为失败而一蹶不振，他们惧怕失败，不敢面对失败，甚至为了逃避失败而不愿付出任何努力，更不进行任何尝试。和失败相比，更可怕的是自我禁锢，甚至是完全放弃努力。因为自我禁锢、什么事情也不做，固然不会失败，却也同时失去了成功的机会。

明智的人会把一次次失败当成人生进步的阶梯，抑或者是一次次凤凰涅槃的重生。人们常说种瓜得瓜，种豆得豆，唯有付出才能有所收获，遗憾的是很多时候哪怕付出了，也未必能够得到想要的收获。比如，有人坚持不懈地努力，目的就是获得成功，但是他们偏偏被命运捉弄，与失败结缘，无论如何也摆脱不了失败的怪圈。在这种情况下怨天尤人，或者沮丧绝望，都是完全无用的。唯有勇敢面对失败，从失败中获得更多的经验，吸取宝贵的教训，才能踩在失败的阶梯上不断向上，获得进步。所以说，失败不可怕，可怕的是不能正视失败。

很多人在面对失败的时候会悲观绝望，这不但会消磨人们的斗志，而且会使人们的心情和情绪都受到一定的影响。现代社会提倡正能量，但失败带给人们的都是负面的能量。因而面对失败，我们要更加积极主动，竭尽全力把失败引发的压力转化为人生中源源不竭的动力，把失败的惨痛教训转化为人生中的宝贵经验。唯有应对好失败的压力，保持心理上的平衡，失败才能成为成功之母，带领我们走向成功。

人生在世，没有人能够一帆风顺，大多数人都会在生命中遇到各种各样的挫折和不如意，逃避显然不是一个好办法，甚至还有可能使事情变得更糟。因而真正的强者，能够把人生的不快埋藏在心里，设法去解决，然后又把人生的快乐无限放大，从而激励自己继续满怀激情和热忱地生活。记住，任何时候，失败都是人生的经历，是人生中理所当然的存在。面对失败，我们完全无须大惊小怪或者彻底绝望，唯有更加积极乐观，从失败中汲取养分和经验，才能离成功越来越近。

第06章 拥有强大的内心，才能保持试错的勇气

内心不败，总有一天你能站在成功的高峰上

对于我们每一个人来说，即便自己的能力再强、机遇再好，在追逐梦想的过程中，也不可能保证自己一帆风顺。事实上，梦想实现的过程本来就没那么容易，我们总会遭遇各种各样的困难和挫折，有时候哪怕付出了再多的努力，也会换来失败的结局。其实，人生本没有输赢，只要我们内心不败，那么总有一天，我们可以站立在成功的高峰上。

俗话说："失败乃成功之母。"失败所带来的打击和痛苦都不算什么，只要我们能忍耐失败，在忍耐中等待机遇，那就有可能反败为胜，因为反败为胜的智慧往往隐藏在忍耐中。当然，如果一个人难以忍受失败，在失败的压力下一蹶不振，甚至选择放弃自己的生命，那他是难以东山再起的。反败为胜的奇迹往往会降临在那些内心不败的人身上，它们只会给那些懂得忍耐的人带来希望和机遇。不管是失败，还是最残酷的打击，对于懂得忍耐的人而言，都算不了什么，因为他们明白，只要自己学会忍耐，在忍耐中寻找机遇，最终是可以反败为胜的。

生活就是这样，在很多时候，输赢并不是我们所能决定的，面对输赢，需要保持一颗平和的心，更要学会忍耐，赢得起，更要输得起。内心不败，就是我们再次取胜的最好秘诀。

本来工作做得很好的麦克，突然接到了主管的通知："麦克报道新闻的风格奇特，不容易被一般观众接受，以后不准播黄金时段，改为播深夜十一点的新闻。"麦克知道自己被贬了，但极力忍耐，装出一副愉快接受的样子："谢谢您，因为我早就盼望运用六点钟下班后的时间进修，却一直不敢提。"就这样，麦克每天一下班就去进修，然后认真播报每天的晚间新闻。通过他的

努力，夜间新闻的收视率提高了，观众好评不断，同时，也有不少观众反映：为什么麦克只播深夜，不播晚间呢？

总经理看见了，直接嘱咐主管说："让麦克尽快重新回到七点半的岗位，让他播晚间新闻。"麦克回到了黄金时段，但心中愤恨难平的主管却当众宣布："虽然麦克是学财经的，但是由他采访财经新闻容易产生弊端，以后改跑其他路线。"对跑财经已经颇有名气的麦克而言，这简直是侮辱，他怒火中烧，但他强忍了下去，默默地承受了。

后来，在总经理的要求下，麦克还是回到了财经新闻的路线。这时主管又开始发难："我打算让你制作一个新闻评论性的节目。"麦克回答说："好极了。"虽然他知道新闻评论节目极不讨好，收入很微薄，但依然在忍耐中答应了。之后，麦克尽心工作，竟然将本来枯燥无味的新闻评论节目做得有声有色。

过了不久，原来的新闻部主管调职坐了冷板凳，而新任的主管正是麦克。麦克又一次成功了，原因在于他在遭受习难的时候，不论现实是多么残酷，他都默默地忍耐了下来。试想，如果当初遭受了主管的责难后，他就自怨自艾、一蹶不振，或者在一气之下拂袖而去，那又怎么能一雪前耻、反败为胜呢？"能忍人所不能忍者，必能成人所不能成"，麦克为这两句话做了最好的注脚。

总之，无论你的梦想是什么，成功都绝不是一帆风顺的，对于一个普通人来说，失败的痛苦是难以承受的，但如果你不断地忍耐，并在忍耐中挖掘机遇和灵感，那最终成功还是会属于你。从失败到成功，你所经过的只是一个忍耐的过程，只要你能顺利地通过这条坎坷的路，那必然会再一次赢得成功。

第07章

坚持目标,别因一次失败就放弃

追求目标的过程中，需要有坚定的信念

所有的成功者最初都是由一个小小的目标开始奋斗的，一旦拥有了目标，你就会产生无穷的力量。你想拥有一个什么样的人生，全在于你手中有一个怎样的目标，对于我们来说，最重要的就是要确立目标，迎着目标向前走。而多数人没有达成目标，就在于不能坚持。在我们人生的旅途中，常常会遭遇各种困难与挫折，但是，请不要轻易地放弃。在追求目标的过程中，遇到了困难要努力坚持，因为目标与信念可以战胜一切恐惧。在追寻目标的过程中，我们既需要有危机意识，更需要有坚定的信念，只有这样我们才能稳步前进，最后达到自己的人生目标。

有个胖太太，邻居们每天都听见她说要减肥。但是到了吃饭时间，她的饭量仍比别人大，睡觉的时间仍比别人长。让她做些家务，她说太辛苦了；有人提醒她应该做运动，她嫌太劳累了；朋友邀她一起到公园慢跑，她又怕晒太阳，又怕流汗。

有一天，胖太太站在磅秤上，低头一看停在七十公斤的指针，不禁大吃一惊。那天她狠下心，一整天只吃了一点点东西，油盐甜腻皆不入口。接着，她迅速到体育用品店购买了全套的运动服，拼命地又跑又跳。从第二天起，她开始了少吃多运动的生活。

大家都以为这一次她肯定能减肥成功。第三天，她很有信心地继续着她的计划。一个星期后，她充满信心地又站上了那个令她心跳加速的磅秤。然而，当发现指针仍固执地指在70公斤时，胖太太像被扎破的皮球一样很快就泄气了。

她认为自己上当了。自己不是没尝试过，也不是没努力过，却没看到成绩。她生气了，失望透顶的她又一次放弃了减肥计划。从第八天起，绝望的她又恢复了以前的生活方式——大吃大喝，想睡就睡，运动服则束之高阁。于是，胖太太越来越胖，现在已经到七十五公斤了。

许多人没有达成自己的目标，就在于不能坚持。其实，对于成功，最忌讳的就是一曝十寒，这不是说你的方法是错误的，而是你做事的态度出了问题。或许，你再坚持下去，不远处就是成功。

完成既定目标，提高自己的工作效率的关键在于立即行动，每天早上要做的第一件事情，就是对你来说最重要的那件事情，并使之成为一种习惯。这样时间久了，你就会坚持多一点。大量的研究表明，那些成功人士身上最显著的共性是"说做就做"。一旦他们有了明确的目标，就会立即展开行动，一心一意、持之以恒地完成这项工作，直到达成目标。

只要坚持下去，成功就会不期而至

人生路上，很多人之所以失败，并非因为他们没有天赋，也不是因为他们缺乏信心和勇气，而只是因为他们的毅力差了那么一点点，导致他们在距离成功只有一步之遥的时候，选择了放弃。从这个角度来说，人与成功之间也许只差一点点毅力，在努力付出之后，也许只要继续坚持下去，成功就会不期而至。

作为举世闻名的发明大王，爱迪生发明了电灯，把整个世界的人们都带入了光明。然而，却很少有人知道爱迪生发明电灯的过程。仅仅为了寻找合适的灯丝材料，爱迪生就尝试了一千多种材料，也进行了七千多次实验。直到最后，他才成功发明了电灯，为整个世界带来了光明，也因此为全世界的人敬仰和铭记。试想，如果爱迪生缺乏毅力，在尝试了几十种灯丝材料后就被失败打击得体无完肤，也完全不愿意继续尝试了，那么可想而知，电灯终究还是会问世，但是却会晚很长一段时间。不得不说，爱迪生之所以能够成功发明电灯，与他坚持不懈进行灯丝实验是密不可分的。

现实生活中，很多人抱怨自己运气不好，甚至因此而放弃努力，但是他们能否问问自己：我可曾经历过成百上千次的失败？我可曾给自己更多的勇气和毅力，让自己在成功到来前能够继续坚持下去？如果答案是否定的，那么你一定要继续努力。如果答案是肯定的，那么你还是需要鼓起十二分的勇气继续努力。要相信，当努力到一定程度，奇迹总会出现。退一步而言，哪怕最终的结果不能让你满意，你也要坚信自己从失败中收获了宝贵的经验，这是任何不作为的人都无法得到的。

1907年，曾经成功横渡英吉利海峡的查德威克想要从卡德纳岛出发，横渡海峡，到达加利福尼亚海峡。她想挑战自己，再次创造举世瞩目的成绩。然而，约定的日子到了，当天的天气并不好，海面上浓雾弥漫。查德威克在冰冷

第07章
坚持目标，别因一次失败就放弃

刺骨的海水中坚持了十六个小时，冻得瑟瑟发抖，体力也逐渐耗尽，但是她一直没有看到岸边，她的眼前依然弥漫着浓雾。她不由得心灰意冷，觉得自己很难按照预期游到岸边，因而她马上变得沮丧，甚至没有力气再挥动手臂。因此，心灰意冷的她对跟随的船只说："我不想继续游了，拉我上船吧！"这时，母亲和教练所在的船只也来到她的身边，母亲和教练不约而同地鼓励她："再坚持一下，马上就到岸边了，只有一英里远了。"查德威克根本不相信母亲和教练的话：如果距离岸边只有一英里，怎么可能看不到岸边呢？查德威克坚持要上船。到了船上，人们马上递给她热茶，茶还没凉，她就发现海岸近在眼前。

原来，距离岸边真的只剩下一英里了，只是因为浓雾弥漫，查德威克才看不到岸边。查德威克很懊悔，虽然她距离岸边只有一英里了，但是她这次横渡海峡的任务还是失败了。时隔不久，查德威克又选择了一天横渡海峡，这次她坚持不懈，最终成功地游到了岸边。

常言道，行百里者半九十。这句话告诉我们，一个人即使把一百里路坚持走完了九十里，也只相当于完成了一半的路程，根本没有走完全程。就像事例中的查德威克，哪怕距离岸边只有一英里，她也与成功沾不上边。生活中，很多人曾经遭遇过这样的局面，那么就要告诫自己，千万不要在成功唾手可及时选择放弃。其实，不管做什么事情，毅力都是必不可少的，哪怕只是小小的成功，也离不开毅力的支撑。当然，毅力并非成功的充要条件，而只是成功的必要条件。正如人们常说的，万事俱备只欠东风，只有东风并不能保证事情成功，然而在一切因素都具备之后，必须东风到才能让成功也马上到。这就是毅力与成功之间的关系。所以我们所说的毅力保证成功，是在其他成功因素都已经具备的情况下，而不能片面地看待。

纵观古今中外，大多数成功者都是有毅力的人。他们并不是因为天赋异禀或者得到命运的青睐才成功的，而是因为他们在面对艰难坎坷的时候总是坚持不放弃，所以才彻底征服了命运，收获了自己的精彩人生。从无数成功者以毅力书写的传奇中，我们不难得到一个道理，那就是成功者需要顽强的毅力才能攀登上人生的巅峰，才能创造生命的奇迹。

坚持的时间越长，成功的机会就越大

我们都知道，人生短暂，在我们追求目标的过程中，困难比比皆是，如果我们能坚持梦想、排除万难，就没有什么做不到的。其实，这个道理很简单，以挖井为例，找到了水脉之后，就要奋力往深处挖，而如果打一枪换一个地方，那么最终，你获得的不过是一个个的土坑而已。而在发掘中所消耗的时间精力，已经永远找不回来了。

丘吉尔说过这样一句话："成功的秘诀就是：坚持，坚持，再坚持！"世上所有的成功都产生于再坚持一下的努力之中！成功也许真的只是一种"坚持"，当成功与失败的比例是三七开时，坚持的时间越长，成功的机会就越大。凡事只要坚持，不屈不挠，就有了赢的姿态。

大哲学家苏格拉底有着非同常人的智慧，为此，很多人来向他求教。一天，一名学生问他："老师，我也想成为和您一样的大哲学家，但我怎么样才能做到呢？"

苏格拉底说："很简单，只要每天甩手三百下就可以了。"

有的学生说："老师，这太简单了，别说是甩手三百下了，就是三千下、三万下也可以啊！"苏格拉底笑了笑没有说话。

一个月过去了，苏格拉底问："那么，有多少同学每天坚持甩手三百下啊？"很多学生骄傲地举起了手，大概有90%的人。

又一个月过去了，苏格拉底又问："还有多少同学在坚持啊？"这回比上次少了10%的人。

时间一天天地过去了，一年以后，苏格拉底又重复了当年的问题："还有同学在坚持每天甩手三百下吗?"此时,大家都低下了头,因为他们都没有做到,这时,有一个同学举起了手,他的名字叫柏拉图,他后来也成为像苏格拉底一样的大哲学家。有人问他成功的秘诀是什么,柏拉图微笑着说:"甩手,而且甩得足够久。"

这个哲理故事同样告诉生活中的每一个人,无论做什么事,如果你想成功,就要脚踏实地,从小事做起,没有人生下来就是伟大的人。每天坚持做同一件小事也很不容易,就像每天甩手三百下。一个月大部分人能坚持,一年过去了却只有一个人能坚持,只有学习柏拉图这种坚持不懈的精神,才能成为像他和苏格拉底一样做成大事的人。当你认真对待每一件小事,你会发现自己的人生之路越来越广,成功的机遇也会接踵而来。

的确,世间最容易的事就是坚持,最难的事也是坚持。成功在于坚持,这是一个并不神秘的秘诀。信念上超前一些,行动上就会领先一步,成功的概率也就越大一些。成功的秘诀就是,当你渴望成功的欲望就像你需要空气那样强烈的时候,你就会成功。

法国启蒙思想家布封曾说过:"天才就是长期坚持不懈。"的确,无论我们做什么事,要取得成功,坚持不懈的毅力和持之以恒的精神都是必不可少的,它将是我们取得成功的法宝。歌德用激励的语言这样描述坚持的意义:"不苟且地坚持下去,严厉地鞭策自己继续下去,就是我们之中最微小的人这样去做,也很少不会达到目标。因为坚持的无声力量会随着时间而增长,到没有人能抗拒的程度。"

然而,目标有时遥遥无期,总也望不到头。你也许正在艰难中坚持却疲倦不已,但如果这时放弃,以前的努力都将白费,所花的心血都成了徒劳。而只要再坚持一会儿,再加一把劲儿,眼前就有可能别有洞天,豁然开朗。当你拨开迷雾重见阳光的一刹那,你会觉得再苦再累都是值得的。

艾森豪威尔也说:"在这个世界,没有什么比'坚持'对成功的意义更大。"的确,世界上的事情就是这样,成功需要坚持。雄伟壮观的金字塔的建成正因为它凝结了无数人的汗水;一个运动员要取得冠军,就必须坚持到最后,冲刺到最后一秒。如果有丝毫松懈,就会前功尽弃,因为裁判员并不以运动员起跑时的速度来判定他的成绩和名次。

在追梦的过程中,生活中的人们,请永远都不要放弃心中的希望,如果遇到困难,请把困难当成人生的考验,不要在困难面前茫然退缩,更不要不知所措迷失自己,要满怀希望地为着自己的梦想而努力,相信终有一天,你会走出低谷,走向光明。现实是美好的,但又是残酷的,关键在于面对困难,你是否具有韧性,能否坚持到底。

总之,我们任何一个人,都必须懂得,任何一种策略,只有坚持才会有价值。只有坚持到底的人,才能经受住机遇的层层筛选,并最终获得它的垂青。

第07章
坚持目标，别因一次失败就放弃

任何成功，都来自持之以恒

有人问著名的组织学家聂弗梅瓦基为什么一生都花在对蠕虫构造的研究上，聂弗梅瓦基回答说："你可知道，蠕虫这么长，而人生却这么短。"的确，一个人的生命是有限的，而科学研究是无止境的。简而言之，如果你想获得任何一项事业的成功，就必须持之以恒，甚至付出毕生心血，对于成功而言，恒心就是力量。

在人类历史的长河中，多少卓有成就的人都是这样成功的。宋代司马光编写《资治通鉴》，历时十九年才截稿，那时他已经老眼昏花，不久就去世了；明代李时珍为撰写《本草纲目》，几乎跑遍了名川大山，收集了无数资料，耗费了整整二十七年的时间，才铸就了这部名著；谈迁花了二十多年的时间才完成了《国榷》，不料完成之后书稿被小偷盗走了，无奈之下，他又开始重新撰写，用了八年的时间才完成。这些例子都足以说明，无论做什么事情，只有持之以恒、呕心沥血，竭尽毕生，才能达到成功的巅峰，若只有三分钟热情，那最终你只能一事无成。

现代社会，不少年轻人在刚开始工作时满腔热血，但时间久了就慢慢地懈怠了，最终一事无成。其实，工作不是仅仅依靠热情就能做好的，它更需要在保温中加温。坚持，坚持，再坚持，而不是三分钟热度，只有做到了这样，你才是真正的职业人。

我们都听过龟兔赛跑的故事，在生活中，也经常会出现"龟兔赛跑"的例子。有的人成了爱睡觉、对事情三分钟热度的兔子，他们总是情绪不稳，一会儿想要夺冠，一会儿想要偷懒，结果造成了三分钟热度的现象；而有的人则成了慢腾腾的"乌龟",虽然跑得比较慢,但他们情绪和心态都比较稳定,抓住了一个目标就认真地去完成,这样反而适应了社会的规律,最终夺冠。那些做事只有三分钟热度的人,似乎还没有进入真正的角色,甚至对做事很不耐烦,他们的三分钟热度就好像是一种预警,预示着他们会放弃,或者被社会淘汰,在更多的情况下,他们往往会在东奔西跑中一事无成。

生活中,那些"三分钟热情"的先生和小姐,尽管接触了不同的工作,涉足了不同的行业,但最终却不会做成任何一件事情,他们只是在猎奇的过程中获得了满足,最终,还是一事无成。相反,那些只做了一件事情,并坚持到底的人,他们在某个行业或某个领域达到了一定的高度,他们才是真正的成功者。

在生活中,做事不能只有"三分钟热情",而是需要在保温中加温,需要持之以恒,这样才能有所为有所不为。

路难走时，不妨再坚持一下

刚刚参加工作的年轻人在职场上，难免有很多不适应的地方，有很多烦心事，但是，我们希望每一个对工作不适应的人都再坚持一下，不要轻易放弃，跨过工作中的不适应，就是一种成功。

人的一生中有很多事情都需要你重新开始适应，比如，从幼儿园升小学的阶段，从声情并茂的娱乐学习转为枯燥的系统学习，你肯定不能适应；接着从学习的环境，转换到一个充满竞争的工作环境，你肯定也不能很快适应；将来我们还要与伴侣共同生活，从陌生走到互相吸引，彼此融合，那更是一个漫长的过程。我记得有人在婚姻中曾经说过"问题肯定会出现，我们首先要想的是解决之道，而不是一味逃避"，这里，他们把"离婚"理解为一种逃避行为。

我想把"辞职"也类比为一种逃避的态度，世界上不存在想象中的工作和工作环境。如果你不能解决工作中产生的那种不适应，你不能融入竞争合作的团队，或者无法承受更多的工作压力，那么换一个工作环境并无更大的不同。工作可以重新开始，可是心态并不能重新开始；也许在婚姻中你还可以找到无限包容你的人，可是周围的同事永远不可能无限包容你，世界上也不可能有绝对的公平。

对于工作中出现的种种不如意，如果想要从中获得成长，就必须找寻问题的解决之道。如果是工作压力太大，就只能提升自己的能力，努力学习，或者多加一些班；如果感觉应付不来同事间的竞争，就应该向人际关系好的朋友多学习一些与人相处之道；如果觉得自己被同事们忽视，就应该多一些互动，不要独来独往，多多和同事们交谈请教；如果觉得自己大材小用了，就应该在岗位上做得更突出，多做出一些贡献，多一些让上司看到你的机会。

我想工作中的一切问题都是可以解决的，同时这些问题也是每一个走上工作岗位的人需要解决和适应的。坚持是解决问题的唯一方法，可能有些人外向，融入公司环境就比较容易一点，有些人则内向一点，融入就会有些困难。但是任何一个团体都不是那么容易进入的，同事们的敌视情绪你可能会在一开始体会到，但只要长久地坚持，你就会慢慢融入。

你无法选择工作，但可以选择态度，如果明白无论走到哪里，你面临的环境其实都是大同小异的，无论走到哪个单位，这些问题都是需要解决的，相信你打算跳槽的时候就会变得谨慎一些。走上社会，就代表着你要适应更复杂的人际状况，更激烈的竞争，因为在这里，你除了竞争成绩以外，还要竞争人气、利益；因为在这里，工作的状况将直接决定你以后的社会地位和可能取得的成就，因此每个人对工作都应该全力以赴。

工作这个战场，其实更多的时候进行的是"持久战"，那种在一气之下放弃战场，或者另辟战场的人，最终将败给那些始终坚持的人。跨过适应阶段，你就取得了人生的第一个成功。无论以后是否会跳槽，是否会待在这个公司，适应工作生活本身对于你就是一项挑战，也是一种胜利。只要学会了融入社会人群的技巧，学会了怎样和同事在竞争中双赢，求共同生存，求进步，学会了怎样保持对工作的热情，怎样取得工作进展，这就是一种成功。

在工作中，值得学习的不仅仅是技术上的事，需要取得提升的，不仅仅是能力，还有一些精神方面的追求，在人际关系上、在意志力上、在眼界上的追求，这都是精神方面的进步追求。仅仅为了提高薪水，或仅仅因为自己的情绪不愉快就另谋高就的行为是非常幼稚的。如果老是去琢磨哪些人令你讨厌，哪些人与你志趣相投，那么你就错了，要想着如何让别人接纳你，而不是你能接受什么样的人。这是工作的第一课，如果能够学得好，你就取得了进步。

从从事第一份工作开始，就要学会处理问题，只有将这些问题都解决了，你才能说自己成熟了。要妥善处理自己与周围同事、上司的关系，慢慢融入是唯一之道，在任何岗位都需要和周围的同事相处，你再跳槽多少次，这个问题都要解决。对于自己和客户的关系，如果你从事的不是公司内部的技术性工作，和跟自己有竞争关系的或者有敌对情绪的客户打交道是必学的一课。处理好自己和自己的关系，能够正确认识自己，对自己有正确的定位，是人一生都在追求的目标，这个问题可以帮你弄明白"到底是你本身的错误，还是你和公司文化之间有冲突"，它可以帮你决定自己是否应该跳槽。

人生就是一次又一次的跨越，你跨过的不是环境的阻滞，而是自己的心态，战胜了自己，就是一种飞跃，就是一种成功。在日后回顾过去的时候，你会对自己今天付出的努力和决定感到非常欣慰。

大凡成功者，从不轻言放弃

每个人都渴望成功，每个人都希望能够在人生的舞台上展示自己，然而，成功却并非唾手可得。在通往成功的路上，无数人倒下了，只有极少数的人能够一往无前，最终摘得成功的桂冠。那么，那些倒下的人的确不如这些最终获得成功的人吗？事实并非如此。其实，那些倒下的人之中，也许有的人实力更强，而和成功者比起来，他们缺乏的只是坚持到底的精神。纵观那些成功人士的历史，我们会发现，大凡成功人士都有一个共同点——即使遇到再大的艰难险阻，他们也从不轻易放弃。而那些失败的人，则大多数是半途而废的人。

人是群居动物，几乎每个人都生活在别人的评价之中。除了自己对自己缺乏信心而导致的放弃之外，很多人之所以失败，是因为他们在别人的否定之中放弃了自己。在做一件事情的时候，我们难免会被别人评价。这些人也许是我们的家人，也许是我们的朋友、同学、同事，也许是我们亲密无间的爱人，当然，也有可能是素不相识的路人。生活中，很多人有着自己的主见，只要自己认准的事情，不管别人说什么，也不管遇到多少困难和阻碍，他们都能一如既往地坚持。而有些人呢？是我们俗称的"棉花耳朵"。他们非常在意别人对他们的评价，别人说他们一句好话，他们会为此而兴奋好几天。相反，别人一句不经意的否定，就会使他们感到非常沮丧，甚至陷入绝望。无疑，第一种人更容易获得成功，而第二种人则总是上演着半途而废的人生悲剧。

我们需要明白的一个道理是，每一个人都是为自己而活的，而不是为别人。尽管我们要做到从谏如流，但是，我们同时也应该有自己的主见，也要学会坚持。你只有坚持不懈，才可能不放弃自己，才有可能离成功之巅越来越近。

第07章
坚持目标，别因一次失败就放弃

高中毕业后，李华名落孙山。面对亲人无限惋惜的眼神和邻居的指指点点，他断然拒绝了父母让他再复读一年的要求。一则，他的父母都是老实巴交的农民，无力负担复读的费用；二则，李华想用另外一种方式证明自己，告诉所有人，即使不上大学，也一样能拥有成功的人生。

恰逢村里的大山要往外承包，在父母的强烈反对声中，李华毫不犹豫地开始了竞标。毕竟李华是高中毕业生，他的思路和那些从小就和土地打交道的农民比起来，无疑开阔了很多。听着李华经过调研精心写出来的报告，村里的领导不由得耳目一新。在李华的讲述中，他们似乎看到了村里未来的发展远景。就这样，村里以很优惠的条件把大山承包给了李华。从此，李华开始了面朝黄土背朝天的生活。

看着从小没有下过地的儿子如今整日在大山里挖坑种果树，李华的父母很心疼。他们加入了李华的队伍，和儿子一起挖坑种果树。也许是现实和理想之间有着太大的差距，第一年，李华种的果树大部分都没有成活。看着买树苗的钱都打了水漂，很多人劝李华不要再投入了，因为大山上都是石头，根本不可能养活果树。然而，李华却坚定不移。他相信，自己一定能够把荒山变成聚宝盆。后来，李华研究了很多果树的品性，还研究了大山的土质特点，最终决定种栗子树。而且，他还准备进行生态养殖，即山上种栗子树，山上养野猪，山下养野鸡。就这样，几年过去了，李华把自己所有的心血和汗水都洒在了山上。渐渐地，山青了，水绿了，山中生机盎然。接着农家乐开始走入人们的视野，李华把自己几年来辛苦赚到的钱都投资建造了一片农家院，租给那些来山里度假的城里人。他不仅自己富裕起来了，还从村里雇用了很多赋闲的小伙子、大姑娘，让他们到自己的农家乐工作。

高考落榜之后，假如李华一蹶不振，那么等待他的将是截然不同的命运。但值得庆幸的是，他是一个很有想法的人。面对别人的同情和质疑，他毫不犹豫地走起了自己的路。事实证明，他丝毫不逊色于那些考上大学的同学，他的人生必将有一片别样的风景。

　　生活中，也许每个人对于成功都有着不同的定义，也许每个人的成功都有不一样的风采，然而，对于所有成功的人而言，他们的共同点是坚持不放弃。即使前方的道路再怎么坎坷和曲折，他们也能够坦然面对，坚定不移地走下去。如果你能够做到这一点，那么，你就能够获得成功。

坚持相信目标的人，才能实现自己心中的目标

目标对于每个人来说，都有一种巨大的魔力，能够不断地召唤着我们前进。无论自己定下的目标是什么，我们都要听从心中目标的召唤，紧紧跟随着它，坚持不懈地走下去，总有一天会实现我们的目标。

一位穷苦的牧羊人为了生活，不得不每天带着两个年幼的儿子帮助别人放羊。一天，父亲带着儿子们赶着羊到了一个小山坡，他们看见一群大雁鸣叫着从自己的头顶上飞过。小儿子问父亲："大雁这是要飞到哪里去？"父亲回答："这边冬天来临了，为了度过冬天，他们要飞到一个温暖的地方安家。"大儿子眨了眨眼睛，羡慕地说："要是我也能飞起来就好了，我要飞得更高，这样我就可以去看妈妈了。"小儿子也说："如果我是一只大雁该多好呀，我可以飞到自己想去的地方，那样，我就不用再放羊了。"父亲沉默了，然后对儿子们说："如果你们想飞，你们总有一天会飞起来的。"两个儿子都试了试，尽管他们很用力地挥动手臂，可是还是没有飞起来，他们看着父亲，父亲也试了一下，可是也没有飞起来，于是他说："爸爸已经老了，飞不起来了，可是你们还小，等你们长大了就能飞起来了，到时候你们想飞到哪里就能飞到哪里。"从此，兄弟两人就怀着这个梦想一天天地长大了，后来，他们终于实现了自己的梦想，飞翔在天空中，他们就是后来的莱特兄弟。

黎巴嫩著名诗人纪伯伦曾说："我宁可做人类中有梦想和完成梦想愿望的、最渺小的人，而不愿做一个最伟大的无梦想、无愿望的人。"人类最大的本能就是对未来充满梦想，那样我们才能在不断长大的过程中，一点点地为自己的这个梦想努力，所以，我们不应该放弃自己的梦想，而是要用心地灌溉，

一定要相信自己，总有一天，我们的梦想会实现的。

每个人都有自己的梦想和目标，但并不是每个人都能实现心中的目标，只有坚持相信目标的人，才能实现自己心中的目标。即使生活里遭遇了困难与挫折，也不要沮丧，也不要放弃，我们应该更加坚定自己的目标，努力实现目标。

但凡有巨大成就的人，都有自己想要实现的目标，他们绝不像太平洋中没有指南针的船只一样漂荡。成就梦想，定下目标是第一步，然后再思考该如何达成自己的目标。

1.坚持目标

在追求目标的过程中，遇到了困难要努力坚持，因为目标带来的信心可以战胜一切恐惧。在追寻目标的过程中，我们既需要有危机意识，更需要有坚定的毅力，只有这样我们才能稳步前进，最后实现自己的人生目标。

2.永远不放弃自己的目标

在人生的道路上，目标不会离我们而去，除非我们自己放弃了目标。或许，目标的确立是不容易的，或许追寻目标的过程是艰难的。但不管怎么样，我们都要坚定地走下去，永远不放弃自己的目标，这样我们才有机会去实现我们的目标。

第08章
大胆抓住机会,成功总是与机遇同行

冒险是一切成功的前提，没有冒险就没有成功

一个没有胆识和勇气、不敢冒险一试的人，再好的机会到来，他也不敢去掌握；不敢尝试固然不会有失败的可能，但也失去了成功的机缘与喜悦。

人生之路本就是一番冒险的旅程，从生下来开始，我们周围未知的世界、陌生的环境、复杂的人群中就都有危险因子存在。有人说，冒险是一切成功的前提，没有冒险就没有成功，甚至冒险越大，成功就越大。这话虽说有些偏颇，却是对白手起家者最好的鼓励。

作为白手起家者，如果不选择冒险，而是和许多人一样选择以比较容易的方式生存，过平静的日子，那么我们就无法品尝到成功所带来的震撼、荣耀和幸福。

然而，虽然现实生活中的大多数人都懂得这个道理，但每当他们遇到严峻形势或需要冒险一试时，习惯的做法仍是小心翼翼、瞻前顾后。他们首先想到的是如何保全自己，防备损失，而不是考虑怎样发挥自己的实力，抓住到手的机遇。

其实，富人并不比普通人聪明很多，学识也不一定比一般人广博。这些富人之所以能成功，是因为他们具有冒险精神或是敢想敢做的精神。世界的改变、生意的成功常常属于那些敢于抓住时机、适度冒险的人。

20世纪70年代，在陕西西安的一个郊县，八个农民在打井时发现了一个彩色的泥人头。他们看到后大惊失色，以为是挖出了土地神，纷纷逃离打井现场。待定下神后，有人提议马上回去把彩色泥人头送回井坑，并烧香祷告，而且从此永不再提此事。但其中有一个叫杨志发的农民却不同意这么做，他脱下

第08章 大胆抓住机会，成功总是与机遇同行

衣服，把那个彩色泥人头包起来，乘车送到西安市博物馆，西安市博物馆不敢耽搁，马上送到北京鉴定，由此揭开了埋藏在地下几千年的人类文明奇迹——世界第八大奇迹：秦始皇兵马俑。

杨志发的名字也连同这个世界奇迹一起闻名中外。杨志发也因此成为秦始皇兵马俑博物馆的第一任名誉馆长。一个普普通通的庄稼汉靠着自己的冒险精神一跃成为馆长。

杨志发是第一个发现"泥人"的吗？不是。而且，在此前已有农民在打井、建房时发现过类似的"泥人"，但他们发现后都认为是遇到了妖魔，触犯了神灵，均缄默不言，立即又把它埋到地下。有的人甚至把"泥人"吊在树上当成邪物鞭打，直至打碎为止。如果不是杨志发的勇敢和冒险，那么秦俑很可能目前仍被埋在地下。

冒险被西方心理学家视为一种性格特征，它也是勇气和机遇的缔造者。敢冒险的人总是在冒险，不爱冒险的人总是求稳戒变。对于很多富人来说，冒险已成为一种具有鲜明特色的个人习惯。

成都人王克信奉"胆大走四方，危险出商机"的理念，他勇敢地冲出国门，把生意做到了动荡不安的柬埔寨和炮火纷飞的伊拉克。因为"胆大妄为"，他在短短的几年内积累了数千万资产。

当兵退伍后的王克被安排到政府机关工作，可是王克并不满足，渴望白手起家的他觉得每天待在机关里按部就班地工作太没意思了，于是在1994年，王克从机关里辞职开始自谋生路了。

初到柬埔寨，王克把目光锁定在生活用品的贸易上。为了减少开支，他每天骑着自行车四处推销。在推销过程中，王克还冒风险赊货给客户，销售额由此翻了好几番。王克给一些大酒店、大超市送货都是自己开车去，有一次，在送货途中，王克遇到了警察与偷车贼的枪战，一颗呼啸而过的子弹距他的脑袋只有十厘米远。虽然这次冒险让王克后怕了好几天，但他做生意极高的信誉

却由此出了名。

几年下来，王克的总资产达到了五百多万美元。但王克并没有满足，而是将眼光放到了战火纷飞的伊拉克。从战争打响的第一天开始，王克就开始往返于成都和伊拉克的周边国家，源源不断地向伊拉克输送生活物资。那时候，经常有不知从哪里飞来的流弹从他身边擦过，而火光和爆炸声更是近在咫尺。许多当地的生意人都经受不了这种危险而退缩了，但王克却一直坚守在这片硝烟弥漫的土地上，继续着自己白手起家的伟业。

在白手起家的道路上，风险无处不在，有些聪明人，正是懂得这个道理，对未来的不测和风险看得太清楚了，所以把自己的人生和创业之路规划得过于平坦，不敢冒一点险，结果聪明反被聪明误，永远只能平庸。

对于经济基础薄弱、人脉较少的普通人来说，为了白手起家赚大钱而冒险离开原有的安逸圈子，实在不是一件容易的事情。但你也要记住，对于那些害怕危险的人，危险无处不在。我们常说逆水行舟，不进则退。生活不可能一帆风顺和永远不变，我们要为了自己的财富梦想尽早努力、把握机会，就需在关键时刻冒险一搏。

1931年，哈默从苏联回到美国。此时，这位未来美国大富豪的商业王国刚刚开始起步。

这一年，富兰克林·罗斯福即将登上美国总统的宝座。哈默通过深入研究，认定一旦罗斯福掌权，1920年公布的禁酒令就会被废除。哈默进而想到，到那时，威士忌和啤酒的生产量将会十分惊人，市场上将需要大量的酒桶用以装酒。酒桶并非一般木材可以制作的，非用经过特殊处理的白橡木不可。哈默在苏联生活多年，知道那里有白橡木出口。于是，他又去了苏联，凭着他的老关系，订购了几船白橡木木板运到美国。他在纽约码头附近设立了一间临时的酒桶加工厂，作为应急的储备仓库。

后来，他又在新泽西州建造了一个现代化的酒桶加工厂，取名哈默酒桶厂。当哈默做这些事时，"禁酒令"尚未解除；当哈默的酒桶源源不断地从生产线上滚出来时，禁酒令被解除了。人们对威士忌的需求急剧上升，各酒厂的生产量随之也直线上升，他们需要大批的酒桶。此时，哈默早已准备好了大量酒桶。生产酒的厂家有许多，而大规模生产酒桶的工厂却"只此一家，别无分店"，所以哈默通过制造酒桶获得的利润，大大超过了酒厂造酒的利润。

没有风险的生意早有人做，加入的人也会越来越多，要在同行业中出类拔萃难之又难，做得再好，也不过是个殷实的、保守的小商人而已。当白手起家的机遇出现时，凭借科学的判断支撑你的冒险行动，就有可能兵不血刃地赢得一场财富战争的胜利。

蒙哥马利在他的回忆录中这样说："要取得成就有很多必要条件，其中有两条非常重要，那就是苦干和正直。现在得再加上一条：勇气。""勇气"是一个想获得成功的人必不可少的品质。无数白手起家的富翁用他们的实际行动告诉后来的追逐者，只有胆量大的人才能够把握机会，没有敢于承担风险的勇气，任何时候都成不了气候。很多时候，成功的门都是虚掩着的，勇敢地去叩开它并大胆地走进去，才能探寻出究竟，这也正是白手起家的必经之路。

做足准备，随时迎接机遇的到来

生活中，人们总是羡慕身边的人获得了一个千载难逢的好机会，一下子就名声大噪，出人头地了。我们只看到了别人得到机会的一瞬间，就误以为别人是被从天而降的机会砸中的，实际上别人在得到机会之前已经付出了长久的努力，因此才能如愿以偿地得到机会。常言道，机会总是留给有准备的人，这句话非常有道理。原本，大多数机会都是转瞬即逝的，带有很大的偶然性。而人们要想抓住机会，让机会成为人生的必然，就要弄清楚偶然与必然之间的联系。要把偶然变成必然，唯一的关键在于准备得是否充分，是否一直在准备着。既然我们不知道机会何时会出现，那么最保险的做法就是时刻准备着。这看起来很难，实际上并不复杂。人生，就是在偶然之中抓住和创造必然，一切努力也都应该是持续的，这样才能得到最好的结果。

有些人总是有着侥幸心理，他们平日里抱怨自己没有机会，也不愿意坚持不懈地努力以抓住机会。等看到其他人都因为千载难逢的好机会而成功改变命运时，他们又怨声载道，似乎是被别人夺走了机会。不要把命运坎坷的责任归咎于机会的不公平，也不要总像寒号鸟一样许诺明天就垒窝。唯有当机立断，马上展开行动，我们才能切实抓住机会，改变人生。

当然，还需要注意的是，我们不但要做好准备迎接机会的到来，更要积极主动地去创造机会。记住，天上从来不会掉馅饼，就算掉了也未必会砸到你的头上，而创造机会则让我们对于机会更有把握。不要迷信机会，机会和生活中很多美好的事物一样，我们也许会无意间碰到，也许会在"柳暗花明又一村"的惊喜中与机会相逢，更有可能是通过自己的不懈努力创造出来的崭新的、只属于我们自己的机会。我们要成为机会的主角，才能更好地掌控机会。

1955年的某一天，在美国西雅图，比尔·盖茨降临人世。那一天和平常的日子完全相同，谁也无法想象这个小男孩未来会成为世界富豪，会创造微软帝国。和大多数孩子一样，盖茨也有一个快乐的童年。转眼间，他已经是一名11岁的男孩了，并进入了西雅图的一家私立初中学习。这个时候，计算机在整个世界范围内都是新鲜事物，因为盖茨就读的初中非常好，因而学校也花费巨资购买了计算机，这样学生们就可以与先进事物近距离接触。正是在此期间，盖茨迷恋上了计算机。

1973年，盖茨考入世界名校哈佛大学。这是全世界的莘莘学子都梦寐以求的校园，但是出乎意料的是，在1974年，当听说世界上出现了第一台个人计算机之后，盖茨突然做出了一个重大的决定：他要退学投身于计算机高速发展的浪潮中。

1975年，盖茨和好友保罗一起成立了公司，这就是后来闻名世界的微软公司。当然，在当时微软只是一个名不见经传的小公司，幸好盖茨和保罗在计算机界小有名气，所以他们的公司才发展得相对顺利。1981年，当时规模最大的IBM公司又推出了新型计算机，而正是盖茨的微软公司为IBM公司提供编程服务。随着IBM公司的不断发展壮大，盖茨的微软公司也走入了公众的视野。此后不久，在盖茨的领导下，微软公司成为个人电脑软件的先驱和引领者，此时盖茨只有26岁。

相信如果大多数人处在盖茨的位置，一定会继续留在哈佛大学读书，毕竟哈佛大学是世界名校，轻易放弃简直太可惜了。但是盖茨没有丝毫犹豫，就做出了如此重大的决定，正因为如此坚决果断，他才能抓住千载难逢的好机会，成就微软帝国。

实际上，机会固然重要，却不是成功的必要条件。我们与其被动地等待机会的到来，不如更加相信自己的能力，从而主动出击，寻找和创造机会。毕竟成功更多地取决于我们自身的努力，而不能完全依靠外界的力量。曾经有科学家经过研究证实，人的潜力是无穷的，其实我们只要挖掘出自身的一小部分潜力，就能使自己表现得与众不同。与其信机会，不如信自己，只有自己做好了随时迎接机会到来的准备时，我们才能真正抓住机会，以机会为契机彻底改变自身的命运。

第08章
大胆抓住机会，成功总是与机遇同行

越是在平淡的生活中，越是要捕捉改变命运的机会

你目前从事的工作，也许看起来并不重要，也不能在短时期内为你带来金钱的快速积累，但你应该意识到，机遇和光明的前途是永远存在的。

俗话说："天地生人，生一人应有一人之业；人生在世，生一日当尽一日之勤"。勤勉永远是成就一番事业的铺路石，特别是对于那些白手起家的人来说，他们没有天然的财富优势和关系网络，如果再不积极争取，一切就只能是黄粱美梦。然而，在我们身边，勤劳的人不计其数，早出晚归甚至彻夜加班者屡见不鲜，但在这部分人中，最终能够实现白手起家者却寥寥无几。

同样的汗水却没有换来同样丰厚的收获，一是因为他们对于白手起家原本就没有强烈的意念，只是把这种设想当成调侃的资料，在茶余饭后憧憬一番，使生活充满美好的期盼；二是有些人虽然辛勤劳动、渴望富有，但他们害怕失败和改变，这类人也是普通人中的大多数，他们只有在自己熟悉的环境中，面对自己熟悉的人时才会安心，面对陌生的领域，从来都是战战兢兢，不敢轻易涉足，因此也就逐渐向命运缴械投降了；三是有些人虽然敢闯敢干，却太容易满足而不思进取，在生活得到一定的满足后，就窝在温暖的小家里，不再积极地闯荡了。

在白手起家的致富路上，平淡的生活年复一年地考验着我们，也正是这种一成不变的生活，让很多人先是感觉有劲儿使不上，然后就逐渐放弃了努力，毫无目标地混下去。

有一天，戴尔·卡耐基在一个出售丝巾的柜台前和一个受雇于这家商店的年轻人聊天。他告诉戴尔·卡耐基，他在这家商店已经服务四年了，但由于

这家商店的"短视",他的服务并未受到店方的赏识,为此他心灰意冷,并打算离开。

在他们谈话中间,有位顾客走到他面前,要求看看帽子。这位年轻店员对这名顾客的请求置之不理,继续和卡耐基谈话,虽然这名顾客已经显出不耐烦的神情,但他还是不理。最后,等他把话说完了,才转身对那名顾客说:"这儿不是帽子专柜。"那名顾客又问帽子专柜在什么地方。这位年轻人回答说:"你去问那边的管理员好了,他会告诉你怎么找到帽子专柜。"

一个连基本工作都做不好的人,又怎么能在人生和积累财富的道路上有较大的收获呢?

美国总统林肯的一件逸事给了很多平常人生活的启示。

有一天,林肯在街头看到了一份新到的《智慧》杂志,便随手买了一本回到办公室翻看。突然,他发现中间有几页没有裁开。他用小刀裁开了它的连页,又发现连页中的一段内容被纸糊住了。他又用小刀慢慢把纸刮开,于是出现了以下文字:恭喜您!您用您的好奇心和接受新事物的能力获得了本刊1万美元的奖金,请将杂志退还本刊,我们负责调换并给您寄去奖金。林肯对编辑部这种启发读者智慧和好奇心的做法极其欣赏,便提笔写了一封回信。不久,他便收到了新调换的杂志和编辑部的一封回信:"总统先生,在我们这次故意印错的三百本杂志中,只有八个人从中获得了奖金,绝大多数人都采取了寄回杂志社重新调换刊物的做法。看来您是真正的智者。根据您来信的建议,我们决定将杂志改名。"这本杂志,就是至今还风靡世界的《读者文摘》。

现实生活中,有很多或隐或现的机会就如这些藏着奖品的杂志一样在我们的身边穿行,但并不是每一个人都会去奋力捕捉。大多数人都是习惯性地一扫而过,不予关注,以致在"中奖"的结果出现时,很多人都悔之晚矣。

有一天,日本三洋电机的创始人井植岁男的园艺师傅对井植说:"社长先生,我看您的事业越做越大,而我却像树上的蝉,一生都坐在树干上,太没出息了。请您教我一点创业的秘诀吧。"

井植点点头说："行！我看你比较适合园艺工作。这样吧，在我的工厂旁有两万平方米的空地，我们合作来种树苗吧！树苗一棵多少钱能买到呢？""四十元。"井植又说："好！以一平方米种两棵计算，扣除通道，两万平方米大约能种两万棵，树苗的成本不到一百万元。三年后，一棵树可以卖多少钱呢？""大约三千元。""一百万元的树苗成本与肥料费由我支付，以后三年，你负责除草和施肥工作。三年后，我们就可以每棵树收入三千元，共两万棵，总计六千万！到时候我们每人一半利润。"听到这里，园艺师傅却拒绝说："哇！我可不敢做那么大的生意，还是算了吧！"最后，他还是在井植家中栽种树苗，按月拿取工资，白白失去了致富良机。

在创业和实现梦想的道路上，你应当勇于尝试，试图去抓住你所能看到的任何机遇，要让自己先起步，跑起来，才能到达事业的高峰。

对于普通人来说，两手空空、琐事不断、生活平淡也许是常态，但越是在这种平淡的状态中，我们越应该积极地捕捉改变命运、创造财富的机遇。哲人说：大地回暖向万物发出了请柬，但并不是每一粒种子都能发芽。如果你想让自己这粒"白手起家"的种子尽早发芽，积极的态度是必需的养料。

做个有心人，洞察身边的机会

富人说，在众多促成自己实现一步步飞跃的因素中，机会就像一个装有弹簧的踏板，踩到它，你会被弹得很高很高，甚至让你腰缠万贯。如果你有一双慧眼，就会发现它、抓住它，成功就会降临；如果你稍有不慎，它又将随风而去，即便你扼腕叹息，它也不会回头。

不要总是抱怨没有好的机会降临在你身上，不要总想着会有馅饼掉在你头上。成功的机会无处不在，关键在于你是否是个有心人。聪明的人能从一件小事中得到大启示，有所感悟，使之转化为成功的机会，而愚笨的人即使机会放在他面前也看不到。

一天早上，日本狮王牙膏公司的职员加藤信三为了赶去上班，匆匆刷牙，结果牙龈被刷出血来。他怒气冲冲，上班路上仍是一肚子的牢骚和不满。在心头火气平息下去后，他便和几个要好的伙伴提及此事，并相约一同设法解决牙刷容易伤牙龈的问题。

他们想了不少解决牙龈出血的方案，诸如牙刷改为柔软的刷毛，刷牙前先用热水把牙刷泡软，多用些牙膏，慢慢地刷牙等，但是效果都不太理想。

他们进一步仔细检查了牙刷毛，在放大镜底下，他们发现牙刷毛的顶端并不是尖的，而是四方形的。"难怪会伤牙龈！"加藤信三想，"把它改成圆形的不就行了吗？"于是他们着手开始改进。

经过试验，他们改进后的牙刷毛不仅能伸进齿缝更好地清洁牙齿，而且也不像以前那样坚硬了，基本不会出现使牙龈出血这样的问题。取得实效后，他们正式向公司提出了这项改变牙刷毛形状的建议。公司很乐意改进自己的产品，果然把全部牙刷毛的顶端改为了圆形。

改进后的狮王牌牙刷经过广告媒介的宣传，销路极好，连续畅销十多年，销售量占全国同类产品的30%～40%。加藤信三也由职员晋升为科长，而后又升为公司的董事长，开启了人生的财富之门。

从一个小小的普通职员，一跃成为公司的董事长，这是多少人连想都不敢想的事情。也许加藤信三也没有如此的宏图大志，但他是一个有心的人，也正是他的用心和专心，把牙刷的改进问题变成了改变人生轨迹的机遇，才有了日后不凡的成就。

机遇的身影经常在你的生活中若隐若现，也就是说，并不是每一个人一眼就能看到它，从而捕捉到它。机遇的存在是潜伏的，它隐藏于纷繁复杂的生活之中。机遇不像时光老人那样无私地给予每一个人同等的时间，机遇只垂青那些有心人。

叶玲玉本是福州一家工厂的普通工人，她在工厂工作时就发现，工厂附近的工业路沿线企业众多，可是为企业职工服务的个体小吃店却很少，不能满足工人们的需求。许多工人下班后肚子饿了也没地方就餐，只好忍饿回家。

敏感的叶玲玉是个有心人，她看准了这个机会，借钱买了烘箱等制作面包糕点所需的设备，在工业路开了一家"乐凯"面包屋。她自己制作，自己销售，并依据顾客的需求数量来制作面包糕点，充分保证了食品的新鲜。

"乐凯"面包屋一开张，马上就受到了工业路沿线各家企业员工的欢迎，生意十分红火。有不少企事业单位还前来预订面包，作为职工们的夜班点心。

一次，有三个英国商人到工业路的一家工厂参观访问后，散步走进了"乐凯"面包屋，看见店里有西式面包卖，想买几个尝尝。叶玲玉学过英文，这时终于有了用武之地，她迎上前去，连说带比画地和这三个英国人交谈起来。这三个英国人十分高兴，买了几个面包品尝，一吃发现味道很好，高兴地竖起了大拇指。临走时，叶玲玉又送给他们一袋刚烘烤出来的新鲜面包。令她没有想到的是，这三个英国人中有一位平时颇喜欢写作，他把这次福州之行中遇到面包屋的事写了出来，发表在香港一个著名的经济刊物上。

这样一来，"乐凯"面包屋声誉大振。许多港台同胞读了这篇文章后，到福州时都慕名到"乐凯"面包屋去，从而推广扩大了"乐凯"面包屋的知名度和经营范围。

现在，叶玲玉的面包屋已成了当地知名的连锁店，她本人也成为身价百万的女老板。

对于渴望白手起家的有心人来说，敏锐的眼光和积极的行动，才能帮你揭开笼罩在机遇身上的神秘面纱，从而让你捕捉到它并利用它，将其变为宝贵的物质财富。

然而，现实中的很多人，就如莎士比亚曾感叹的一样：好花盛开，就该先摘，莫待美景难再，否则一瞬间，它就要凋零萎谢，落在尘埃。很多人之所以走不出平凡的牢笼，是因为他们缺乏发现机遇的眼光和把握机遇的能力，错失机遇后，才对此感到懊悔："也许我应该更好地把握住那些机会。"机遇不等人，如果你稍不留心，它就会与你擦肩而过。

在我们的生活中，机会并不是路边的石头，总是安静地待在路边，等着你去捡起它。机会就好像天空中的飞鸟，时常会在空中召唤你，你要做个有心人，才能够抬头发现它，并捉住它。

那些白手起家的富人总相信机遇无处不在，只是很多人看不到而已。在生活中做个有心人，你会发现生活中处处都充满致富的机遇。

第08章
大胆抓住机会,成功总是与机遇同行

机遇稍纵即逝,一定要及时抓住

生活中,总能听到有人抱怨老天不公,抱怨上天没有给予自己良好的机遇。其实不然,上天对待每个人都是公平的,所以给予大家机遇的概率其实是同等的。也许这个机遇并不是那么的明显,也可能是在你没有预料到的情况下出现的,这种时候,能不能取得成功,就看你是不是能抓住机遇了。

机会犹如白驹过隙,稍纵即逝。只有拥有一双慧眼,抛开内心的优柔寡断,才能抓得住它。常有人说:"抓住机会,见机而动。"这其实并不难理解,但许多人却遗憾地并没有抓住属于自己的机会,最终失去了获得成功的资格。

生活中的你,不要总是抱怨没有好机会降临在你身上,不要总想着会有兔子撞死在你面前。成功的机会无处不在,关键在于你是否能紧紧地抓住。聪明的人能从一件小事中得到大启示,有所感悟,并转化为成功的机会;而愚笨的人即使机会放在他面前也毫无察觉。

有人说,人生有三大憾事:遇良师不学,遇良友不交,遇良机不握。很多人把握不住机遇,不是因为他们没有条件、没有胆识,而是他们考虑得太多,在患得患失间,机遇的列车在他们这一站停靠了几分钟,又向下一站行驶去了。我们生活在一个竞争激烈的时代,很多机会本来就是稍纵即逝的。每每在优柔寡断的人左思右想的时候,机会已经溜到了别人手里,把他远远地抛在了后面。

要知道每一个机会的到来都是不会提前跟你打招呼的,它总是悄悄地来,然后试图让你主动去发现它、抓住它。如果你是有心人,拥有一双慧眼,就能理智地抓牢它；如果你认识不清、把握不准，那么即使机会就在你面前，也会与你擦肩而过。

机会稍纵即逝，所以，要把握时机确实需要眼明手快地去"捕捉"，而不能坐在那里等待或因循拖延。西谚说："机会不会再度来叩你的门。"徘徊观望是我们成功的大敌，许多人都因为没有信心把握住已经来到面前的机会，而在犹豫之间把它放过了。"机会难再"，即使它肯再次光临你的门前，但假如你仍没有改掉你那徘徊瞻顾的毛病，它还是会溜走。

其实，机会对每个人都是公平的，关键看你有没有捕捉机会的敏锐性，如果没有，那么即使苹果接连不断地往下掉，你也只能看到表象，而看不到万有引力的本质。要想练就这种敏锐性，我们就必须学会见机而动，还必须学会善择良机。但是良机不会就这么赤裸裸地摆在每个人的面前，它常常被掩盖在复杂的表象后面，所以我们必须养成审时度势的习惯，随时把握客观形势的变化与各方力量对比的变化，透过现象看其本质，这样方能抓住机会，成就大业。

陷入迷茫，要积极寻找人生的拐点

我们总会有很多改变自己命运的机会，也许是一次不经意的交谈，也许是一次进修，也许是一次考试，也许是自己一个微不足道的想法，总之，也许抓住了一个偶然的机会，人生的轨迹就会向着完全不同的方向滑去。很多人认为这就是命运，我认为除了偶然的因素之外，人们的命运主要在于自己的努力。机遇会在每个人面前出现，然而只有勇气与眼光俱备、才华与能力都积累到一定程度的人才能够抓住它。

也许我们正处在事业的起点，但也要积极地寻找人生的拐点。人生就像一座迷宫，找到属于你的那个拐点你才可能走出迷茫，到达生命中的成熟境界。

很多时候，人们总是在众多的拐点处迷失自己，以为前面有条笔直的大道等着自己，实际上这条路没有多长，还是个死胡同。不过要相信自己以前走过的那些路并不是冤枉路，如果你没有试验过那些路能不能走通，又怎么能知道哪一条才是属于自己的路呢？人生最可悲的是在重复的道路之间绕来绕去，以为自己走过了很长的路，其实不过是在原地绕圈子。

大多数人都在人生的迷宫中兜兜转转，直到抵达生命的终点时都没有弄明白自己到底迷失在了哪里，自己到底错过了什么。寻找自己人生的拐点，并不是一件简单的事，它需要足够的勇气和经验，需要高明的眼光和准确的判断力，需要果断地拒绝一些不适合自己的诱惑。当人们选择了一些东西的时候，同时也拒绝了另一些看起来同样美好的东西，你也许会因此而惋惜，却不用后悔。

哪些才是我们命运的拐点？机会时时处处都会出现，但显然有一些并不属于我们。就像在迷宫里，处处都会出现拐点，可那些并不都通向出口。当我们和众人挤破了头，抢到了一个机会时，也许会突然发现，那不是命运的拐点，而只是一个陷阱。记得一个朋友毕业以后，和三个同龄人一起进入了一家日企，因为要淘汰两个竞争对手，于是平时懒散的他破天荒地努力起来。当然，最终他胜出了，可就在同时，他陷入了两难境地：一是他的性格与企业文化格格不入，他总是要非常谨慎，高度紧张，才能不犯错误；二是那份好不容易争取来的工作，其实对于他就像块鸡肋，待遇还可以，但发展前景并不好，退出吧，觉得是自己好不容易才争取来的，继续吧，又实在没有多大价值。

很多时候，年轻人常常因为一时的冲动，或者因为有竞争，才觉得某个位置无限美好，事实上如果他们仔细观察一下，就会发现它并不是那么诱人。有一个小故事，一位老农把喂牛的草料铲到一间小茅屋的屋檐上，看到的人不免感到奇怪，于是就问他"为什么不把草放在地上让牛吃"，老农说："这种草草质不好，我要是放在地上牛就会不屑一顾；但是如果我放到让它勉强能够得着的屋檐上，它就会努力去吃，直到把全部草料吃个精光。"不可否认，很多时候，我们就像那些牛，总觉得自己努力争取到的才是最好的，但其实它也有可能是最差劲的。

很多时候，面对外界那么多的诱惑，我们要学会分辨，看清哪些才是适合自己的人生机遇，哪些不过是经过伪装的陷阱。要知道，在这个宣传大于一切的社会，任何表面风光无限的东西，都可能是炒出来的，其原料也许是一堆垃圾。

年轻人处在事业的起点，连做梦都会渴望一个好的机遇突然降临在自己身边，但是当你突然遇到这样的机会时，希望你睁大眼睛，看清楚那是一个肥差，还是一块肋骨，不要盲目地争取。但是，当遇到真正适合你的人生机遇时，也希望你果断地抓住它。抓住机遇其实很简单，当你的努力到了一定程度的时候，自然就有适合你的机会降临在你身边，在这之前，你只要具备足够的能力就好了。当然，展示自己的能力，让关键的人看到你的才华也是积极创造机遇的方式之一，但我希望年轻人不要忘记，你最重要的任务是做好自己应该做的事。其实很多事例都会告诉人们要抓住机遇，但很多人会忘了躲避诱惑和陷阱。很多人在观察四周，也许会在东张西望中错过了适合自己的机会，如果一个人整天忙着寻找机遇的话，也可能会忘了自己的正事。所以我同时希望你不要逢弯就拐，找到真正属于自己的命运拐点后，再试图转弯，这样才能让自己的命运走上一条上升的道路。

迎难而上者，才能获得命运的垂青

众所周知，好的机会久等不来，转瞬即逝。其实，在很多朋友抱怨机会难得时，我们不得不说，人生之中还是有很多机遇的。当然，机遇到来的方式多种多样，偶尔守株待兔的人也能得到机遇，但是这样的机遇少之又少。更多的时候，我们必须主动出击，创造机遇，才能成功地把握机遇，主宰自己的人生。

毋庸置疑，机遇对于一个人的成功会起到重要的决定作用。古人云，天时地利人和，其实说的就是机遇到来的必要条件。假如一个人能力很强，准备工作也进行得非常充分，但是始终得不到机会表现自己，那么他就会被埋没，无法展示自己的才华和能力。就像神机妙算的诸葛亮在草船借箭的时候，哪怕准备完全，也必须等到大雾漫天时，才能借助于浓雾，借来一船又一船的箭。这浓雾，就是诸葛亮千载难逢的好机遇。当然，这是大自然赐予的机遇。现实生活中，我们无法像诸葛亮一样做到神机妙算，更不可能精确掌握浓雾起来的时间，再加上我们需要的机遇并非大自然所能提供的，所以，我们除了被动地等待之外，更要主动创造机遇，及时抓住机遇。

机遇并不会敲锣打鼓、大张旗鼓而来。在生活和工作中，我们一定要细心，才能通过认真细致的观察，找到机遇出现的蛛丝马迹，从而做好准备，迎接机遇。人们除了会因为粗心或者准备不够而错失机遇外，还有些人即使面对机遇，也会因为瞻前顾后，而无法抓住机遇。当然，未雨绸缪、思虑周全，是完全有必要的。但是，如果面对机遇时瞻前顾后，始终拿不定主意，导致错过了千载难逢的好机会，这就无异于放弃了自己的人生。遗憾的是，现实生活中有很多人习惯于放弃机遇，在机遇面前徘徊不定。他们或者是因为害怕，或者是因为欲望太多，导致不能在短时间内做出取舍。所以，我们除了要让自己鼓起勇气、勇往直前外，还要端正心态、懂得取舍之道，这样才能最大限度地发挥自身的主观能动性，抓住机遇，创造辉煌的人生。

三国时期，十五岁的诸葛亮为了躲避战乱，和家人一起离开了老家山东，隐居到湖北襄阳。十七岁时，诸葛亮隐居在隆中，那里位于襄阳城西。他虽然年纪不大，但是从小胸怀大志，时常以春秋时期大名鼎鼎的政治家管仲自比。因此，他一边在隆中隐居，一边亲自耕种，还用了大量时间读书，静观天下之变，只等待合适的机会出山。为此，人们都赞誉他为"卧龙"。

汉末，军阀之间连年混战，天下大势未定。曹操势力强大，占据中国北方；孙权占据江东，势力略逊于曹操。除此之外，刘表、刘璋等军阀也各占一方，刘备虽然也有自己的军事集团，但是他数次被曹操打败，没有自己稳定的统治区域，只能不停辗转，打游击战。为此，刘备求贤若渴，"三顾茅庐"，去隆中请诸葛亮出山辅佐自己成就霸业。见到刘备之后，诸葛亮分析天下时局，有针对性地提出了许多策略，这就是历史上赫赫有名的"隆中对"。刘备三顾茅庐，对诸葛亮诚意十足；诸葛亮也借此机会出山，成就自己。

果然，在诸葛亮的大力辅佐下，刘备联合孙权一起对抗曹操，在赤壁大战曹操，从而趁机夺取荆州，占领四川，攻下益州，由此天下形成魏、蜀、吴三国鼎立的局面。

对于刘备三顾茅庐，如果诸葛亮不停推托，那么，不但刘备无法成就大业，诸葛亮也会继续潜伏隆中，没有舞台施展自己的才华和能力。可以说，刘备的三顾茅庐不仅成就了自己，也成就了诸葛亮。朋友们，一旦发现机会出现在眼前或者来到身边，就要毫不迟疑地抓住机会，施展自己的才华，让自己出类拔萃。否则，随着时间流逝，人才辈出，即便你想出人头地，难度也会加大。

在面对机会的时候，我们当然要慎重思考、思虑周全。但是如果确认眼前的机会千载难逢，我们一定不能犹豫，而是要坚决果断，在第一时间做出选择。否则，如果我们习惯了放弃机会，也就相当于习惯了放弃自己，可想而知，我们的人生必然默默无闻，根本不会有任何值得炫耀和赞赏的成就。

第09章
心态积极,在一次次的尝试中迎难而上

心态平和,不抱怨周围的人和事

现实生活中,我们很容易因为各种各样的事情陷入忧愁和焦虑之中,甚至当生活的发展不能达到我们的预期时,我们会忍不住牢骚满腹、怨声载道。实际上,这样的负面情绪只能起到发泄的作用,而对于人生根本没有切实的意义,也不会产生积极的作用,尤其是当面对很多难解的问题时,因为愤怒、抱怨等负面情绪的存在,还有可能导致事情变得更加糟糕。

人的烦恼来自哪里呢?每个人都是凡尘俗世间的一分子,很少有人能够真正脱离现实的生活独立生存,更没有人能够仅仅依靠自己的力量就应付好人生中的各种境遇。每个人都是群居动物,都要在熙熙攘攘的社会中生存,由此可知,每个人也都要与身边的人产生各种各样的交流,进行人际交往。我们大多数的烦恼,其实都来自人际关系。在社会生活中,人际关系是非常复杂的,诸如亲人关系、邻居关系、同乡关系、爱人关系、同学关系、朋友关系、仇人关系、手足关系……这些关系错综复杂,就像是一张大网,把每个人都网罗在其中。曾经有心理学家提出过,我们若想要结识一个人,只需要让身边的人帮忙辗转介绍一定次数,就可以与对方搭上关系。由此可见,人际关系总是错综复杂且包罗所有人的。

当人际关系给我们带来好的收获时,我们就会感谢人际关系,为此人们常说"得道多助"。但是当我们因为人际关系的杂乱而陷入流言蜚语的旋涡之中、陷入对于人生状态的迷惘之中时,我们又恨不得抛下一切的人际关系,躲到深山老林里,孤独终老。然而,人毕竟是社会的一员,是群体的一员,不管我们此时此刻对人际关系有着怎样的感受,我们还是生活在人际关系的大网之中。只有处理好人际关系，我们才能理顺自己的人生，也只有与身边的人交好，我们才能真正做好自己。

除了人际关系的复杂多变之外，对于人生的失望和不如意，也常常会让我们变得消沉，变得对人生缺乏积极性。需要注意的是，消极负面的情绪具有传染性，不要总是让自己消极懈怠，否则随着时间的发酵，你会发现自己越来越难以从绝望沮丧中挣脱出来。实际上，人生尽管充满不如意，但是也未必都是致命的打击，更多的不如意只是小小的不满意、不满足，为此我们要尽快处理好自己的负面情绪，不要让负面情绪随着时间的推移在心中发酵，否则就会导致我们的内心非常惶恐、非常无奈，导致我们在面对生活的时候，也会觉得存在障碍。即使是同一件事情，由同一个人负责解决问题，在不同的情绪状态下去做，也会有不同的解决方案和结果。例如，我们小时候很弱小，因此会把每一件事情都看得很重要，所以常常把老师的话当圣旨，把父母的话当成不得不执行的命令。但是等到渐渐长大，你还会惧怕老师吗？你还会惧怕父母吗？当你长大成人，可以以独立的姿态支撑起整个家时，也许你就会摇身一变成为父母的家长，要负责打理好很多关于父母的事情。

在人际交往的过程中，我们还要避免陷入一个误区，即不要因为自己先入为主的观念，或者因为一些零碎的信息，而导致自己陷入对某人或者某事的厌恶情绪之中，或是对生活中的很多经历怀着否定的态度。实际上，人心尽管不像我们想的那么好，也绝不像我们想的那么坏。在这个世界上，每个人都有自己的脾气秉性，我们也会有自己的喜好。我们既不要因为自己的喜好而否定他人，也不要因为他人的性格特点就完全回避他人。每个人都是独立的生命个体，都有权利在这个世界上获得更好的生存条件，也都要给自己和他人独立的生存空间。因此，不要总是担忧和抱怨，而要做到悦纳自己、悦纳世界。

还有些人为了赢得他人的认可与赞赏，常常会特别在乎他人的意见和看法，也会因为他人说了什么、做了什么而马上改变自己。不得不说，这样随意改变自己，对于笃定做自己没有任何好处。因为若一个人失去人生的根，总是在人云亦云，总是没有自己的主见和坚定的想法，那么他最终不但做不成别人，也做不成自己。人生中最大的成功是什么？就是做自己，坚定不移地做自己。所以不管自己是否能让别人满意，我们都要内心笃定，要坚持自己的思想和行为，要坚持把自己该做的事情做到最好，这才是最重要的。

当我们内心平和时，我们就不会总是抱怨身边的人和事情，我们就不会因为外界的改变而迷失自己，也不会因为抱怨和忧愁而白白浪费自己的人生时间和精力。常言道，好钢用在刀刃上，如果我们此刻正在做着的一切都毫无意义，我们还有什么必要继续做下去呢？时间是人生中最宝贵的财富，我们一定要及时止损，把时间用在该用的地方，让时间开花结果。

第09章
心态积极，在一次次的尝试中迎难而上

沉溺于眼前的痛苦或失败，只能让自己止步不前

　　人的一生总会遇到种种坎坷与不幸，有的人挺过去了，无论遭遇怎样的不幸，都微笑着面对生活；而有的人则被挫折击倒，从此一蹶不振、自暴自弃。这两种人的结局必然是不同的，前者一定会守得云开，柳暗花明又一村；而后者一定会自甘堕落，再也看不到成功的可能性。

　　人生在世，哪能事事都如意？遭遇一时的困境并不代表一生都会困顿，人也不可能终生不犯一点错误。沉溺于眼前的痛苦或失败，只能让自己止步不前、浪费青春和生命。那还不如挺起胸膛，将过去抛诸脑后，大踏步地前进，终有一天你会走出来，重新拥有一个光明的未来。有一个哲人，他每通过一扇门，都会立即将身后的门关上，有人问他为什么这样做，他说："将身后的门关上，就是告诉自己要向前看、往前走，过去的种种都被关在门外，无论是辉煌还是失败，都和现在无关。"或许你的条件天生不如他人，出身没有他人好，关系没有他人硬，学历没有他人高，因此你就自怜自哀甚至自暴自弃，看见别人取得杰出的成就，只知羡慕妒忌，却从不去想自己是不是也能够取得这样的成绩，不去尝试就忙着否定自己，只是因为觉得自己不如别人。或许你也曾经付出过一番努力，但暂时还没有发生预想中的改变，于是便立刻开始泄气、放弃，甚至产生破罐子破摔的念头，认为自己天生不如他人，再怎么努力也没用，从此自甘堕落、不思进取。这两种人都是生活的失败者，他们永远不知道人的命运其实掌握在自己的手中，就算命是天定，但经过后天的努力，命运也是可以改变的。

　　雷德聚，河南省南阳人。1984年，雷德聚正在上高三，是一个品学兼优的

好学生。高考在即，他对未来充满了向往与信心，似乎已经看见了命运女神在向他微笑，然而这一切却在一瞬间被毁灭了。由于医生的误诊误治，他从一个活蹦乱跳的健壮青年变成了一个被担架抬出医院的残疾人。

双腿残疾的雷德聚常年卧床不起，生活不能自理，再也没有了上学的可能性。生活的巨大反差令他痛不欲生，母亲因突发脑溢血离世更是加深了他厌世的心理。他觉得自己是个废人，活在世上除了拖累家人，没有一点用处。于是他开始埋怨上天的不公，怨恨命运的多舛，甚至想以死来寻求解脱。但是当绝食八天之后，雷德聚从昏迷中醒来，看见病榻前亲人痛苦的泪水，突然意识到自己的所作所为是在往亲人的伤口上撒盐。自己的生命是亲人给的，父母含辛茹苦将自己抚养成人，自己没有尽到一点孝心却要父亲白发人送黑发人，这是何等的不孝啊！虽然自己瘫痪了，但是生命还没有停止，只要有一口气在就绝不能轻言放弃。于是雷德聚咬紧牙关开始了艰难的求生之路。

在接下来的二十几年中，雷德聚再也没有自暴自弃过，他学着为自己扎针减轻痛苦，还咬牙坚持锻炼。在用拐杖支撑着能够用唯一的半只脚掌勉强移动时，他在自己家中开了一个小代销点，委托父亲进货，自己靠着特制的高椅半立半坐地卖货。虽然一天下来，浑身上下像散了架一般疼痛难忍，但是他依然坚持下来了，并且一干就是十几年。除了在生活上能够养活自己之外，雷德聚也没有放弃学习，从小就对文学创作感兴趣的他凭着顽强的毅力阅读了大量中外名著，然后试着自己开始写作，他将"有志者，事竟成，破釜沉舟，百二秦关终属楚；苦心人，天不负，卧薪尝胆，三千越甲可吞吴"作为自己的座右铭贴在床头，以惊人的毅力在短短几年时间内写出了数万字的读书笔记、百万字的书稿，并在各类报纸杂志上发表文章数百篇，同时获得了各类征文奖项无数。2006年，《南阳日报》头版以《雷德聚，南阳的"张海迪"》为标题报道了雷德聚的事迹。他对记者说，如今他正着手创作构思了好几年的自传体长篇小说《半只脚掌走人生》。

若说苦难，雷德聚所经受的苦难可谓是深；若说打击，雷德聚所遭受的打击可谓是大。在成为"废人"之后，雷德聚也曾产生过自暴自弃的想法，甚至一度想放弃自己的生命。但是他终究跨过了人生的这道门槛，成为一个自立自强、奋斗不息的有用之人。生活中，很多人所遭受的痛苦磨难与雷德聚相比，根本算不了什么，但是他们却一蹶不振、自甘堕落，破罐子破摔，再也没有了前进的勇气和信心，从此怨天尤人、庸庸碌碌地过完一生。这样的人是可耻的，也是可悲的，他们永远不知道没有冬天的孕育就没有真正的春天，没有经历挫折就没有精彩的人生。所以，无论在什么时候，都请记住：上天不会同情懦弱的人，人生也不相信眼泪，只有自强不息、奋斗不止的人才能最终品尝到生命的甜蜜！

不断进取的人，永远都是强者

进取是一种能力，更是一种态度，是人生最为可贵的品质之一。当一个人有了进取之心时，他就会朝着自己的目标和方向勇往直前、毫不退缩。当今的时代瞬息万变，一个人若是不思进取，只躺在过去的成绩上睡大觉，那么无论他曾经有多么优秀，也终将被时代的潮流所抛弃。相反，若是一个人积极上进、奋发图强，那么无论他的资质有多么愚钝，先天条件有多么不如他人，他也会一步一个台阶，不怕困难、不怕挫折，踏踏实实、认认真真地向着自己的目标一点点靠近，最终实现自己的人生价值。

进取不仅是时代的需求，更是人们自身发展的需求。一个怀着积极进取的人生态度的人，无论对待什么事情都不会轻言放弃，而是会自强自信、锐意进取。生命不息，攀登不止，不断进取的人永远不会被时代所淘汰。因为他能始终跟着时代的节奏，百般求索、不断学习，发现和解决新的问题、提出和找到新的方法、创造和开拓新的局面，赢得人生的主动权，获得人生和事业的双丰收。而一个不求上进、不思进取的人则会永远原地踏步，最终被他人远远地甩在身后，碌碌无为地度过一生。

林子大学毕业后来到一家生产凉茶的公司上班，技术部的事情并不是很忙，每个月除了做固定的检测之外，几乎就没什么别的事情了。老板一般也不到技术部来，所以大家闲下来的时候，要么在一起聊天，要么就在网上看看新闻、小说和电影。只有林子不一样，他一有时间就待在实验室里，拿着烧瓶、量杯不停地忙活。有人对他说："你傻不傻呀？这个凉茶是百年配方了，是老板的祖先留下来的秘方，你再捣鼓也没用！再说老板也看不到，何必那么辛苦呢？"林子正色说："反正闲着也是闲着，在大学里我就喜欢做实验，这么好的实验室空着不是可惜了吗？"于是他依旧忙自己的，实验记录和心得记了厚厚的一本。

几年后，老板退休了，将公司传给了自己的女儿。这个新上任的老板和她老爸可不同，她不仅要将凉茶传遍中国，还要将凉茶做到国外去，所以急需改良配方，以适合外国人的口味。技术部一下子忙了起来，而小林此刻却悄然从实验室隐退了，一个人抱着他那厚厚的笔记，一个劲地翻阅、记录。没过几天，一份详细的适合世界各个地区不同人群口味的凉茶配方报告就出现在了新老板的桌上。

结果可想而知。新老板看到这份报告之后如获至宝，同时她也看到了林子身上那种锐意进取、刻苦勤奋的精神，一纸任命将林子从一个普通技术人员一下子提到了副总经理的位置，这时，当初说林子傻的同事才明白原来林子才是公司最聪明的人。

成功学家卡耐基曾经说过："有两种人绝不会成大器。一种是非得别人要他做，自己绝不会主动做事的人；另一种是即便别人要他做也做不好事情的人。而那些不需要别人催促就会主动去做应做的事，而且不会半途而废的人必将成功。这种人懂得要求自己多付出一点点，而且做得比别人预期得更多。"这就是进取心。一个有进取心的人是绝不会坐等机会自己找上门的，而是千方百计创造机会让自己出人头地、脱颖而出。林子在实验室所付出的努力和辛苦是常人所不能理解的，而支持他数年如一日坚持下来的力量就是他强烈的进取心。强烈的进取心是推动人生和事业不断前进的动力，只有朝着目标坚定不移地前进，才能忍受别人所无法忍受的寂寞和辛苦，才能克服常人所不能克服的困难和挫折，投入全部的热情和心血，最终换来上级的认可和赞赏，同时也为自己创造机遇，开辟更加光明的前程。

人生的意义在于奋斗，就像登山运动员一样，假如到达了某一高度就停滞不前，那么他的生命也就失去了意义。进取心是对未来更美好生活的追求，是期盼超越现阶段自我的一种强烈渴望。进取心是天堂里的种子，只要你不断地浇水、施肥，让它茁壮成长，它就一定会结出世界上最丰硕的果实，令你的人生从此不再有遗憾，令你的事业永远不会停顿。

第09章
心态积极，在一次次的尝试中迎难而上

内心积极，才能拥有幸福的人生

生活中，我们经常听到有些人说"点头微笑，低头数钞票""和气生财""家和万事兴"之类的经验，这些都充分说明了一个道理：因果联系，只有时时保持一种积极的人生态度才有获得成功的希望。我们只有在心里编辑出一道积极的心理公式，才能得出幸福的结果。因为任何人的一生，都需要用心来描绘，无论自己处于多么严酷的境遇之中，心头都不应被悲观的思想所萦绕，应该让自己的心灵变得通达乐观。

的确，积极的人，满世界都是"鲜花开放"，而悲观者看人生，则总是"悲秋寂寥"，譬如，同样是春雨霏霏，有人看到的是漫步雨中的浪漫，有人想到的却是潮湿天气带来的不便。同样是漫天繁星，一个心态积极的人可在茫茫的夜空中读出星光的灿烂，增强自己对生活的自信；一个心态消极的人则让黑暗埋葬了自己，而且越葬越深。罗根·史密斯说过这样一段话，言简意赅，他说："人生应该有两个目标，第一是，得到自己所想的东西，第二是，充分享受它。只有智者才能做到第二步。"

可能很多人会产生疑问，如何才能具备积极的心态呢？其实，这完全在于我们自身的选择，拿破仑·希尔曾讲过这样一个故事，对我们每个人都极有启发。

年轻人们，无论命运把你抛向任何险恶的境地，你都要毫无畏惧，用你的笑容去对付它！而如果你能选择不把挫折当成放弃努力的借口，那么，或许你就可以用一个新的角度来看待一些一直让你裹足不前的经历。你可以退一步，想开一点，然后你就有机会说："那也没什么大不了的！"

事实上，人的潜意识是能选择情绪的，一个人快乐与否，完全取决于这个人对人、事、物的看法如何。如果我们想的都是欢乐的事情，我们就能欢乐；如果我们想的都是悲伤的事情，我们就会悲伤。人生在世，快乐地活着是一生，忧郁地过也是一生，是选择快乐还是忧郁？这完全取决于做人的心态，正确的做法就是不断地培养自己乐观的心态，远离悲观，它既是一种生活艺术，又是一种养生之道。

同样，生活中的人们，无论过去你曾经遇到过什么磨难，你都要学会自我调节，这样，在未来荆棘密布的人生道路上，不管命运把你抛向任何险恶的境地，你都能做到积极、快乐地生活！你可以这样调整自己的心理状态：

1. 相信自己能做到

日本作家中岛薰曾说："认为自己做不到，只是一种错觉。"悲伤是一种消极的情绪，它会让你产生挫败感，你会认为自己什么都做不到，而实际上，很多时候，正当你绝望时，希望也许就在前方等着你。因此，只要你放下悲伤，以积极的心态去面对生活的挑战，你的生命就会有无限的可能。

2. 相信自己能得到幸福

相信自己能够成功，往往自己就能成功，这是人的心理在起作用。同样，一个人要想获得幸福也是如此。一个人总想着幸福，就会幸福；总想着不幸，就会不幸。人们常说的心想事成，就是这个道理。

总之，我们每个人在生活中都有可能遇到一些不顺心之事，也都有可能遇到重大挫折，而积极是生活的一味良药，伤心的时候乐观一点，孤独的时候去寻找快乐，热情而积极地拥抱生活，幸福就会无声地降临到你的身边。

第09章
心态积极，在一次次的尝试中迎难而上

积极向上，勇敢面对遇到的一切困难

在年轻的时候，我并不理解鲁迅先生说的"真的勇士，敢于直面惨淡的人生，敢于正视淋漓的鲜血"所代表的真正含义。后来，我有所经历以后才愈加明白：要面对残酷的现实，其实需要很大的勇气。生活中的我们不见得会遭遇到多么骇人听闻的悲剧，却总会有数不尽的艰难与险阻。只有勇于面对，才能够不断前进。而逃避只能代表懦弱，会让你形成懒惰的恶习，进入难以自拔的怪圈。

大学毕业的时候，李龙河和黄亚龙同时进入了一家上市公司上班。两个人是同班同学，后来都被分配进了公司的业务部门做销售员。李龙河是个生性积极、乐观的人，在熟悉了公司业务的相关流程以后，很快就针对公司部门的职位构成给自己做了一套详尽的职业发展规划。根据自己的发展规划，李龙河工作积极上进，遇到什么难题都积极解决。还利用空余时间通过表格工具等进行数据分析，主动对难搞定的客户做相关的原因分析，探究成交秘诀。一年的时间很快就过去了，李龙河的努力收到了回报，他不光被评选为"部门销售冠军"，也因为优异的工作表现而被领导视为公司支柱型人才，两年以后更是被提升为销售部门的经理。后来，有猎头公司主动打电话联系到他，为他介绍了更有实力的公司，李龙河凭借过硬的专业素养成功征服了对方，成为那家公司销售部门的负责人，从此走上了更加宽阔的职业发展道路。反观黄亚龙，生性比较悲观，对什么事情似乎都提不起兴趣。上班的时候消极怠工，应付了事，遇到什么难题都抱怨连连，怪自己倒霉，怪公司制度管理不完善。领导每次找他谈话的时候，就听他抱怨自己工资太低、环境差、任务重、压力太大，或者

说自己不知道目标在哪里，不清楚领导的相关安排，不清楚工作的具体步骤，或者干脆推卸责任，说这些事情不归自己管……总之，他总是觉得自己都是对的，所有的问题都是其他人的责任，却从来不懂得反思自己的问题。

就这样，短短半年后，黄亚龙就被辞退了。接下来的时间里，黄亚龙又开始重新找工作，换工作……短短三年里，他换了五份工作，却没有得到任何提升，也没有取得任何成就，反而遇人就抱怨自己的不幸，积聚了满腹的牢骚。

亲爱的朋友，人生就是这样，越努力越幸运，越逃避越倒霉。当你用逃避的心态面对一切的时候，你遇到任何问题都只会绕道而走。就像是故事中的李龙河和黄亚龙，面对相同的境遇，一个选择积极向上，主动解决，最终的结果是幸福美满。另一个却消极悲观，故意逃避，最终只能是陷入困难的旋涡难以自拔。亲爱的朋友，逃避会上瘾，逃避带来的懒惰与一时的清闲只会让你感到暂时的轻松。但亲爱的朋友，请你相信：勇敢地面对现实残酷的真相才是你通往幸福的必经之路。人生路上总是有很多我们绕不过去的必经之路，必须倚仗我们自己勇敢地面对才能够解决，任何的外力都无法依靠。面对这些必须迈过去的坎，你可以选择主动出击，勇敢面对，也可以选择懦弱逃避，只是你要明白，人生是自己的，任何人都无法替你完成。过去的已经成为定局，无法改变，未来却可以通过你主动积极的努力得到改写。

亲爱的朋友，人生在世，我们总会遇到各式各样的困难与烦恼，但是只要积极向上，勇敢面对遇到的一切困难，就不会永远只面临相同的烦恼。因此，我们没有必要陷在悲观消极的情绪旋涡里走不出来。将不同阶段的这些烦恼当作人生的过客，所有的烦恼只是来磨炼我们的意志，考验我们的信心的。只要学会勇敢面对，积极主动地去解决问题，困难就会像是见不得阳光的黑暗一般，在朝阳中瞬间消失。

亲爱的朋友，今天虽然很短，却很重要。美好的当下不仅能够将过去的辉煌延续，更能够为灿烂的明天打好坚实的基础。请你相信办法总是会比困难多，只要通过积极主动的努力，我们就能够把失败的昨天变成成功的明天。这一切的前提都是：你足够努力，不要逃避。因此，亲爱的朋友，既然身处今天，就不要总是怀念过去，感叹现状，充满埋怨。我们应该做的是把每一个今天都当成人生的开始。用积极向上的心态面对一切，脚踏实地，积极主动，只有将今天遇到的问题及时解决，才有可能迎来灿烂光明的明天。

梦想的实现是一个不断打败自我的过程

梦想是什么？或许很多人在听到这个问题时会迟疑一下，但是很快会给出一些类似的标准答案，就像百度百科里面说的：梦想是对未来的一种期望，梦想就是一种让你感到"坚持就是幸福"的东西，甚至可以说是一种信仰。梦想可大可小，可有可无，因为梦想就是你内心的信仰，因你而定，随你而变。美国前总统威尔逊也曾说过这么一段描述梦想的话：我们因梦想而伟大，所有的成功者都是大梦想家，他们在冬夜的火堆旁，在阴天的雨雾中，梦想着未来。有些人让梦想悄然消失，有些人则悉心培育、维护梦想，直到它安然度过困境，迎来光明和希望，而光明和希望总是降临在那些真心相信梦想一定会成真的人身上。

确实，走在马路上，你总是能够一眼就看出哪些是心怀梦想的人，哪些是没有目标的人，因为真正的梦想者总是自带气场，远在百米之外你就能感受到他们火热的内心。而这一切也正是因为梦想实现的过程从没有想象中的那么简单，总是需要我们坚定意志，不断努力，奋勇向前。对此，心理学界有过一个著名的猴子理论：我们每个人的大脑内都会存在一个小猴子，这个小猴子就是我们内心中各种惰性的集合体。它爱好玩乐，向往轻松，贪图享受，最喜欢做的事情就是从我们的手中抢走控制前进方向的转盘，笑看着我们停下前进的脚步，每天嘻嘻哈哈，浑噩度日。这个小猴子一直存在于我们每个人的脑海中，挥之不去，消灭不尽，因为它依附于我们的生命，绑架着另一个我们。每当我们想要放下手中的游戏，拿起书本时，小猴子总是会用尖锐的声音引诱着我们向它靠拢，与它玩耍，直到夺走我们手中的书本，令我们彻底沉沦在它的游戏圈中，成为它的奴隶，无法自拔，逃脱不开。而想要彻底击败这只小猴子，只有从另一个自己入手，用自己的坚毅和果敢断了小猴子的能量来源，彻底消灭或者将它控制在一定的范围以内，让它成为你的宠物而不是喧宾夺主。

亲爱的朋友，走在梦想这条路上，最怕的就是你有走不下去的预见和随时回头的准备。所以，必须让你的努力超过你的才华，即便遇到任何的困难也请勇敢坚定地走下去，无畏未来。作家格拉德威尔曾经在《异类》中提出过著名的"一万小时定律"：想要成为某个领域的专家，想要在某一方面有所建树，通常需要一万小时的积累。假如我们每天工作八小时，一周工作五天，那么一万个小时就是五年的时间。这也就意味着，想要有所收获，我们必须在认定的那个行业内有着五年以上的经验积累。而这些行业、这些工作中的某个方面，通常就是我们大多数人的梦想来源。就像徐小平曾经说过的："事实上，哪个男孩女孩没有做过上天入地、移山倒海的梦呢？只不过在生活面前，很多人慢慢放弃了自己童年的梦想，所以他们变成了失去梦想的人；而有些人，无论生活多么艰难，都从来没有想过要放弃梦想，于是，他们成为永葆青春梦想、永葆奋斗激情的人，成为能够改变世界、创造未来的人。"确实，我们都曾有过梦想，也都曾有过热血澎湃的时刻，然而大多数的我们却会为自己的生活所累，不得不为了家人、为了现实放弃梦想。但是，亲爱的朋友，真正拥有梦想的人从不会因为任何现实的原因就选择彻底放弃。也许，在某个时刻，我们的梦想会有模糊的时候，但它并没有就此消失，而是深藏在我们的内心，潜伏在我们的心底，只待一点阳光的出现和雨水的滋润，便迫不及待地萌芽滋长，伸出地面，占领我们的人生。直到梦想成为事实，我们的心境才会得到持久的宁静，不再躁动不安。

因此，亲爱的朋友，请你记住：一个真正富有的人并不是拥有无限物质财富的人，而是拥有广袤精神世界的人。而梦想就是这精神世界里面的中流砥柱，只要坚持自我的梦想，在人生的道路上坚持己见，用勇气和行动去捍卫内心的追求，梦想于我们个人而言就不会是虚无缥缈的，就不会是白日梦般的不可实现。当我们在忙碌的世界中疲于奔波的时候，当我们在苦难面前充满怨愤的时候，请不要忘记梦想的存在，也请不要放弃对梦想的追逐。追逐梦想的过程或许很艰辛，但是只有选择坚定不移地相守，才有可能换来明媚的明天和生命期待已久的发光时刻，不是吗？

第09章
心态积极，在一次次的尝试中迎难而上

遭遇痛苦，也要迎着阵痛而上

面对人生的窘境，很多时候我们都没有勇气迎难而上，就选择了退缩和放弃。实际上，选择固然重要，但是人生的成败却更多地取决于我们对待人生的态度。每一次失败都如同一次阵痛，把生命推向更高一层，重要的是我们不能畏缩，要迎着阵痛而上。

人生，是无法逃避的，除非生命终结，否则再艰难的处境，都需要我们去面对。记得有位记者采访了一位百岁老人，这位百岁老人经历了旧社会，又迎来了新中国，人生跌宕起伏。记者询问了老人的长寿秘诀，老人却只是淡然地回答了一个字"熬"。的确，这不是一个华丽的字眼，甚至显得非常土气，但是这个字却完全揭示了人生的真谛，也使得听者知道了走过百岁的老人信奉怎样的人生原则。人生真的是熬过来的，在各种艰难坎坷的境遇中，如果不能熬，轻易放弃，那么结果未必如今日般圆满。尤其是在枪林弹雨中，老人也一定经历了人生的各种苦痛，但是在熬的过程中，时间修复了一切。一个"熬"字，又表现出老人对待人生的无奈以及在无奈之中却能勇敢面对的坚强。生活就像小火慢炖一锅汤，最终的成品，要看食材，更要看火候。

大学毕业后，张薇进入一家公司工作，但是工作进展得并不顺利。因为是应届毕业生，张薇没有工作经验，在与人相处的过程中，她也非常被动，如今都进入公司一个多月了，却依然和同事不熟，而且很多同事她根本连招呼都没有打过。每天，张薇都特别发愁上班，因为她觉得自己每时每刻都如坐针毡，她甚至产生了放弃的念头。

有一天，领导让张薇负责一个策划案。张薇不知道从何处下手，在此之

前她做的都是琐碎的杂活儿。但是因为和同事们关系疏远，她也不好意思直接请教同事。就这样一天下来，张薇如同无头苍蝇一样四处乱撞，却没有丝毫进展。当晚，她实在忍不住，向学姐吐槽。听到张薇的抱怨，学姐笑着说："你为何要被动等待同事来与你套近乎呢？你完全可以主动和同事交往，就从这个策划案开始，多多向他们请教啊！否则你想，老同事工作经验丰富，在公司里资历也很老，人家为何要主动搭讪你这个菜鸟呢？"学姐一语惊醒梦中人，张薇意识到自己再不主动出击，也许真的要失去这份工作了。次日，张薇面带笑容，内心胆战心惊，拿着策划选题去向一位老同事请教。老同事看着张薇，大概也想起了自己当初新入职场的样子，因而回答得耐心细致。勇敢迈出这一步之后，原本如同鸵鸟一般把头缩起来的张薇，这才发现一切并不如自己想象中那么困难。为此，她一鼓作气，把不懂的问题又接连请教了好几位同事。就这样，原本还困扰张薇的工作难题，在术业有专攻的同事们的帮助下，很快就迎刃而解了。

如今，很多职场新人，尤其是应届毕业生，在初入职场的时候，都和张薇一样面临着尴尬。学姐说得很有道理，老同事没有理由主动和菜鸟搭话，而菜鸟唯有主动出击，才能博得老同事的好感，也才能得到老同事的指导和帮助。

在工作中，任何时候我们都不要保持被动，而是要积极主动起来，让自己成为职场上的活跃因子，这样才能占据主动，处处抢占先机。这一则有利于我们的职业生涯发展，二则我们的热情也会感染同事们，让他们更乐于接受我们，可谓一举两得。记住，对于不能逃避的事情，与其把头埋起来当鸵鸟，不如勇往直前，第一时间主动发力。

第10章
有主见有勇气，走好属于自己的人生之路

要有自己的主见，别人云亦云

可能你经常会产生疑问："为什么我总是碌碌无为？"但你想过没有，你主宰自己的大脑了吗？你是否在工作中人云亦云呢？对于未来的职场前景，你有自己的规划吗？可能一到需要选择的时候，你还是会轻易地听了别人的话，顺了别人的心。其实你应该懂得"鞋子合不合适只有自己知道"，别人的意见只能作为参考，如果别人的意见轻易地左右了你的决定，那只能是你的错。不要事事都听别人的，你应该多听听自己的。

明朝政治家张居正有句名言："天下之事，虑之贵详，行之贵力，谋之于众，断之在独。"当断不断，优柔寡断，往往会错失良机，贻误全局。切忌"筑舍道傍，无时可成"。

人应该是独立的。独立行走，使人类脱离了动物界而成为万灵之首。我们的成长过程就应该是一个逐渐独立与成熟的过程，也应该是一个情商不断培养的过程，高情商的人通常都有自己的主见，而不会人云亦云。

伊芙琳·格兰妮生长在苏格兰东北部的一个农场，从八岁起她就开始学习钢琴，并渐渐地显示出了她在这方面的天赋。随着年龄的增长，她对音乐的热情与日俱增，并选择音乐作为自己一生的追求。但不幸的是，她的听力却在渐渐地下降，医生断定是由于难以康复的神经损伤造成的，而且断定到十二岁时，她将彻底耳聋。尽管这样，她对音乐的热爱却从未停止过。

父母和老师开始劝阻伊芙琳·格兰妮，希望她不要再浪费时间。但是，伊芙琳·格兰妮坚持自己的选择，她没有停止对音乐的追求。

她的理想是成为打击乐独奏家，虽然当时并没有这么一类音乐家。为了演奏，她学会了用不同的方法"聆听"其他人演奏的音乐。她只穿着长袜演奏，这样她就能通过身体感觉到每个音符的振动，她几乎用她所有的感官来感受着声音的世界。

她决心成为一名音乐家，而不是一名耳聋的音乐家，于是她向伦敦著名的皇家音乐学院提出了入学申请。因为以前从来没有耳聋的学生提出过申请，所以一些老师反对接收她入学。但是她的演奏征服了所有的老师，她顺利地入了学，并在毕业时荣获了学院的最高荣誉奖。当她从这所学校毕业后，真正地成为一名打击乐独奏家。她的音乐传遍了全世界，感染了无数的音乐爱好者。

至今，她作为独奏家已经有十几年的时间了，她很早就认识到，不能仅仅由于医生诊断她会完全变聋就放弃追求梦想，因为医生的诊断并不意味着她的热情和信心不会有结果。

伊芙琳·格兰妮之所以能成功，正是由于她是个有主见的人。正如她自己所说："在最初我就已经决定，一定要实现自己的音乐梦想，不被任何人的意见所左右。"事实也证明，她成功了。生活中的每个人都应该有主见，而不应被他人的论断束缚脚步，我们要向着自己心灵所指的地方，勇敢地向前走去。

现今社会，在教育中有一种"温室效应"，即受教育者受到家庭、社会、学校尤其是家庭方面的溺爱，从而养成任性固执、追求享受、独立性差、意志薄弱、责任感淡漠的性格。对于他们来说，要想独立，克服对他人的依赖极为重要。

凡事靠自己，形成独立的性格，才能真正成长成一个顶天立地的人。如果你是一个有依赖性的人，那么从现在起，你必须学会自控，学会独立面对各种生活问题，为此，你需要做到以下五点。

1. 明白求人不如求己的道理

面对人生的困境，你要懂得，求人不如求己。总想着依靠他人的帮助，总想着有人能在危难时搀扶你一把，你永远也无法完成任何伟大的事业。只有自主的人，才能傲立于世，才能力压群雄，也才能开拓属于自己的天地。潜能激励专家威特利曾说过这样的话："没有人会带你去钓鱼，要学会自立自主。"

2. 不要总是指望他人的帮助

不可否认，人生在世，总要或多或少地依靠来自自身以外的各种帮助，如父母的养育、师长的教诲、朋友的关爱、社会的鼓励……可以说，人从呱呱坠地那一刻起，就已开始接受他人给予的种种帮助。然而，有些人却把自己立身于社会的希望完全寄托在父母和朋友的身上。这样的人，显然不可能在生活上自立自强，在事业上有所作为。有句话说：靠吃别人的饭过日子，就会饿一辈子。

3. 不要再随波逐流

我们要有主见，就不能凡事都随大流，碰到挫折便畏缩不前，盲目地听从别人意见，否则就失去了"自我"，失去了个性，成为别人的尾巴，只能任别人摆布。也不能为了满足他人的爱好，而不惜天天戴着精心制作的假面具，违背自己的人格，失去了做人的主体而成为奴隶，这样的人活着有什么意义，又有何价值呢？

如果你想在职场做出一番成绩，就必须全面、正确地认识客观事物，通过由表及里、由此及彼、去粗取精的加工过程，抓住事物发展的规律，结合自身的条件，制订符合实际的理想和奋斗目标，在实施中根据客观事物的发展变化修正理想和目标，使人生幸福之路长青。

4. 要学会独立思考

聪明的人都有独立思考的习惯，他们不会人云亦云，而是会用自己的大脑去思考。如果你貌若天仙，却给人一种"没大脑"的印象，你的魅力也会顷刻间荡然无存。

5.有主见并不是固执己见

我们要有主见,但不是成为孤家寡人,不是坚持错误,更不是不听别人的意见。恰恰相反,有主见就是要虚心地听取并接受正确的意见,有则改之,无则加勉。同时,也要善于把个人主见讲给别人听,取得别人的认同、支持和帮助。

英国历史学家弗劳德说:"一棵树如果要结出果实,必须先在土壤里扎下根。"同样,一个人首先要学会依靠自己、尊重自己,不接受他人的施舍,不等待命运的馈赠,只有在这样的基础上,才可能做出成绩。

永远充满勇气，斗志昂扬

在这个世界上，没有任何一朵绚烂绽放的花能够始终保持绽放的姿态，没有任何一个苹果能够让自己每一寸肌肤都呈现出红艳艳的色彩，没有任何一个人的人生能够永远顺心如意，一帆风顺。所以，要想成为人生的主宰，我们就要学会接受命运的安排，不管是面对风雨泥泞还是面对坎坷和挫折，我们都应该充满勇气，斗志昂扬，这样才能走好属于自己的人生之路。

很多时候，灾难总是在不经意间到来，也许一个原本每天朝九晚五按部就班工作的人，突然间就会面临失业的困境；原本幸福快乐的婚姻，也有可能因为突然的变故而不再幸福和谐；每天陪伴在我们身边的亲人，也会因为各种各样的原因离开我们；经营良好的企业甚至会因为一个小小的失误而瞬间破产，使得企业主从亿万富翁成为一个乞丐。总而言之，人生总是充满各种各样的不确定性，痛苦也总是接二连三地到来，面对这样的窘境，我们到底是该鼓起勇气继续走下去，还是选择逃避和畏缩呢？当然选择是每个人的权利，然而，人生却不可能只有逃避，一个人只要活着，就必须面对生活中的困境。

对于一个习惯了岁月静好的人而言，当生活突然起了惊涛骇浪，他的心中一定会充满惊恐和不安，甚至会忍不住恶狠狠地咒骂自己所面对的一切。然而，他却不知道在采取消极的态度对待一切事情时，他已经注定会失败了。一个真正的强者，既能够经得起成功，也能够经得起失败。面对人生的牌局，哪怕手中握着一把糟糕的牌，他也不会选择放弃，而是会绞尽脑汁地让自己在这场博弈中获得胜利，或者尽量争取更好的结果。

曾经有心理学家对那些遭遇重创的人进行过心理追踪，他们把在车祸中

第10章
有主见有勇气，走好属于自己的人生之路

遭遇重创，导致身体残疾的人作为研究对象，这些人中有些失去了健全的肢体，有些甚至不得不在轮椅上度过下半生。心理学家原本以为他们对待人生一定是万般绝望，但是他们中大多数人都觉得这样致命的打击只是人生中的一个转折点而已。有一个研究对象是一个非常年轻的小伙子，他骑摩托车的时候发生了车祸，导致高位截瘫。当然，在灾难最初发生的时候，他也曾经痛不欲生，甚至想要结束自己的生命。然而，在冷静下来之后，他意识到正是这样的改变，使他可以静下心来学习，重新选择自己的人生模式。他说："我必须拥有坚强的意志力，才能重新面对生活。然而，在拥有了坚强的意志力之后，我发现人生并不是只有一种方式可以度过，所以我对生活重新燃起了热爱之心。"从前他只是一名普通的工人，没有什么文化知识，也从未思考过人生的目标，但是在车祸发生之后，他虽然被禁锢在轮椅上无法自由地行动，但他的人生从某种意义上却变得更加丰富了。他开始努力学习，攻读语言学士学位。最终，他成为一家公司的顾问。如今，他的生活目标明确，那就是学习和工作。不得不说，这个年轻人熬过了人生中最艰难的阶段，迎来了人生的收获。是逆境让他静下心来反思自己，也让他能够集中所有的精神和意志力直面困难。

对于很多人而言，生活总是太过变幻莫测，掌握命运是很难做到的。但是在遭遇人生的致命打击之后，他们的人生经验变得丰富了，内心也变得更加强大。灾难过后再审视人生，人们会有截然不同的感受，也会发现很多灾难并不像未曾发生时那样让人无法接受。这就是人内心的强大，正因为如此，才有人说每个人都比自己想象中更加坚强。当然，对于每一个健全健康的人而言，最好不要等到灾难发生之后才反省人生，而要在自己健全健康的时候就开始对人生进行反思，这样才能更好地实现自己的人生梦想，让自己的人生经历变得更加丰富。

很多喜欢看功夫片的人对成龙、李连杰等功夫巨星印象深刻，尤其是

李连杰，这么多年塑造了很多经典的银幕形象，也博得了很多粉丝的喜爱。然而，很多人不知道李连杰从小家境穷困，他在成长的过程中吃了很多的苦头。

李连杰两岁就失去了父亲，不得不依靠母亲一个人勉强支撑整个家庭。因此，当其他孩子都背起书包高高兴兴去上学的时候，李连杰却不得不进入武术学校，开始学习武术。穷人的孩子早当家，小小年纪的他就开始为家里分担和打算。为了减轻妈妈的负担，他每天都跑步去上学。然而，很快他的鞋子就磨坏了。为了节省鞋子，他把鞋子脱下来，光着脚跑步去上学。众所周知，学习武术是非常艰苦的，但是李连杰却坚持了下来，他从不叫苦，即使打落了牙齿也往肚子里咽。正是因为拥有坚强的决心，他才能够在武术方面获得巨大的进步。

李连杰的努力付出得到了回报，在全国武术比赛中，他获得了冠军。从此之后，他连续五年蝉联武术冠军。后来，因为在电影《少林寺》中的出色表演，他一炮而红，从此走上了自己人生的巅峰。

一个穷得连学都上不起的孩子，如何才能成就人生的辉煌呢？李连杰的成功经历告诉我们，只要坚定不移地走好自己人生的道路，就能够在人生中有所收获，直至获得成功。再看看今日的李连杰，大多数人都羡慕他运气好，才能成为国际巨星，然而却很少有人知道他在背后付出的辛苦和努力。所以朋友们，不要再羡慕这些成功人士，更不要被他们成功的光环所迷惑。正所谓吃得苦中苦，方为人上人，没有任何人能够在不吃苦的情况下轻而易举地获得成功。接下来该怎么做，聪明的你一定知道！

第10章
有主见有勇气，走好属于自己的人生之路

主宰人生，依靠双手努力去创造和改变生活

在人生之中，每个人都有自己的规划和计划，然而，所谓计划不如变化快，大多数人都无法完全实现自己的计划，而只能根据生活随时随地地变化，及时调整计划，才能让人生趋向圆满。面对生活中突如其来的变故，大多数人都会采取拖延的态度，总是等到不能再拖延的时候才真正展开行动。实际上，如果人生陷于等待，那么恰到好处的时刻永远不会到来。要想拥有充实而又成功的人生，就必须学会成全自己，这样才能让生命更加圆满。记住，再美好的空想，如果不付诸行动，也是毫无意义的。这个世界上根本没有从天而降的成功，每个人要想在人生中有所收获，都必须依靠双手努力去创造和改变生活。也许在最初的时候，你的努力并不能让自己满意，但是随着时间的流逝，你会从生疏到熟练，从不会到学会，这才是真正的成长和进步。

成全自己的过程，实际上是不断超越和战胜自己的过程。要想成全自己，前提是要有成熟的心态。所谓成熟的心态，特点就是积极乐观、心态稳定、理智平静。很多人在面对人生中的诸多变化时，总是陷入焦躁不安之中，甚至因为人生遭遇了一次失败就一蹶不振。不得不说，这样的人是没有机会成全自己的，因为他们在事情还没有真正得到解决之前，就已经先放弃了，就像一个泄了气的气球一样，如何还能飞到天上去呢？所以人们常说，"树活一张皮，人争一口气"。的确，哪怕对于现代人而言，也需要精神上的支撑，要活出自己的气势，才能主宰命运。

很多人会把人生的希望寄托在他人身上，殊不知，每个人都是自己的希望所在，也是自己的上帝。一个人要想成全自己，就只能依靠自己，毕竟每个

人都是人生的主宰者，也是人生的承受者。不管人生中发生好的事情，还是发生坏的事情，我们都要靠着自己的努力解决问题，战胜艰难坎坷的境遇。

作为一个袖珍女孩，玛丽的身高不足七十厘米。在与朋友们一起玩耍时，她总是受到各种无情的嘲讽，甚至是残酷的捉弄。有的朋友曾经扬言要用两个手指头捏扁她，还有的朋友故意把玩具放到最高处，使她无法拿到玩具。这让玛丽不愿意再和朋友们相处，也让她稚嫩的心灵受到了深深的伤害。她为此不知道哭了多少次，也因此多次向妈妈求助，但是妈妈总是以最好的方式帮她鼓起信心和勇气。

这一天，玛丽又哭着回到家里，向妈妈诉说她遭受到的不公正待遇。妈妈从水果盘中拿出两个大小不同的苹果，然后将它们切开给玛丽品尝。玛丽先吃了大苹果，她觉得味道好极了，随后她又吃了一口小苹果，她觉得小苹果似乎更甜。妈妈趁此机会告诉玛丽："就算是同一棵苹果树上结出来的苹果，也不会都是同样大小的，它们有的大有的小，但是它们的味道并不与大小成正比。有的时候，也许小苹果反而比大苹果更甜，用心的人会发现小苹果的优势。所以不要盲目地以大小作为标准评价苹果，因为上帝会偏爱那些小苹果。让他们在漫长的生长过程中积累更多的糖分。"

妈妈的话让玛丽恍然大悟。她问妈妈："我是不是就是那一个小苹果呢？"妈妈微笑着点点头说："你就是上帝偏爱的小苹果。虽然你的身高没有其他小朋友高，但是你依然可以获得快乐，这并不影响你享受人生。"从此之后，玛丽彻底走出了自卑的阴影。在妈妈的帮助下，她学会了很多技能。她不但和正常的小朋友一样去上学，而且学习成绩非常优异，兴趣爱好也很广泛，因而博得了很多人的喜爱。

玛丽的人生并没有因为身高受到影响，她和所有正常的孩子一样快乐健康，甚至有的时候，她比那些正常的孩子更加快乐。然而，在二十岁那年，玛丽不幸遭遇了车祸。她浑身都严重骨折，在整整半年的时间里，她不得不浑身缠满绷带躺在病床上。即便如此,她也依然保持乐观的心态,坚信自己是被上帝偏爱的小苹果。因为卧病在床的日子实在是太无聊了,所以玛丽学会了在电脑上写作。她每天都坚持更新自己的主页,结果吸引了大量的粉丝,这些粉丝还纷纷寄出礼物送给玛丽,让玛丽感到人生充满了幸福和快乐。

后来,玛丽出版了自己的书。在书中,她讲述了自己作为一个侏儒症患者在生命中的独特感悟,以及看待这个世界的与众不同的视角。这本书一经问世,就受到了读者朋友们的追捧,玛丽也因此成为著名的畅销书作家。有人问玛丽为何能够在不理想的身体条件下依然努力向上地生活,玛丽告诉他:"我是上帝偏爱的小苹果,所以我一定要有更加甜蜜美好的人生味道。"

尽管玛丽身材矮小,但是她有一颗勇敢坚强的心。我们每个人都应该向玛丽学习,哪怕遭遇人生的困厄,也应该始终满怀希望。唯有如此,我们才能主宰人生,也才能掌控命运,并且拥有强大的内心力量。

参考文献

[1]刘长江.迎难而上做了不起的自己[M].哈尔滨：黑龙江美术出版社，2018.

[2]龙柒.心态左右你的人生[M].北京：新世界出版社，2011.

[3]长征.阳光心态[M].北京：中国纺织出版社，2016.

[4]张仲勇.在输得起的年纪，做最给力的自己[M].北京：中国华侨出版社，2016.